生き残りゲーム

ラストサバイバル

かけめぐれ無人島！ サバイバルアドベンチャー

大久保開・作
北野詠一・絵

集英社みらい文庫

新庄ツバサ
いつもクールな茶髪のイケメン。意外と友情に厚い一面も…。
山本ゲンキ
友達想いの明るいムードメーカー。お菓子が大好き。
朱堂ジュン
明るく、運動神経バツグンで頭もいい。野外活動の技術もピカイチ。
大場カレン
わがままで気の強いお嬢さま。お金のために大会に出場。
桜井リク
少し気弱な家族想いのやさしい小学6年生。ミスターLから一目置かれている主人公。
ラストサバイバル
出場選手

早乙女ユウ
無表情でもの静か。不思議な雰囲気を持つ少年。今大会ではリクと行動をともにする。
▶ミスターL
ラストサバイバルの大会主催者。世界一幸運で大金持ちの謎の男。
長嶋ケンイチロウ
メガネをかけた好青年に見えて、少しトボけたところが…。
木下ヒナ
引っこみ思案な女の子。あきらめない芯の強さを秘めている。
阿部ソウタ
負けずぎらいの小心者。トラブルにまきこまれがち。

鬼がくれの岩場
やまびこ山
灼熱浜
サバイバル無人島マップ

度胸だめしの橋
妖精の湖
選択の道
右:強者の道（短くて険しい）
左:賢者の道（長くて楽しい）
龍殺しの急流
無人町

ミスターLからの招待状

ラストサバイバル
サバイバルアドベンチャールール

ルール1

参加者は制限時間内に
目的地へ行かなくてはならない

ルール2

大会が用意したものは
なにを使ってもいい

ルール3

目的地へは
どんなルートを通ってもいい

ルール4

最後の一人になった
参加者が優勝

ルール5

優勝すればなんでも
願いをかなえてもらえる

数えきれないほどの木々が、目の前にひろがっている。

深呼吸をすると、葉っぱと土のにおいでむせかえりそうになる。

僕の名前は桜井リク。

山と海でいったら、山のほうが好きな小学6年生。

だからというわけじゃないけれど、僕はいま、山のなかを歩いている。

山のなかだけあって、まわりの空気がかなり濃い感じがした。

むしろ空気が濃すぎて、一歩前に進むごとに、まわりの空気が体中にまとわりついてくるような感じがする。

家族とのハイキングとか、学校の野外活動とか、そういうことをしているわけじゃない。

僕がいまここにいるのは、**『ラストサバイバル』**っていう大会に参加しているからだ。

ラストサバイバルは、全国から50人ぐらいの小学6年生を集めて、だれが1番になるのかを競う大会だ。

ちなみに、僕がこの大会に参加するのはこれで4回目になる。

本当だったら、毎年1回しかやらない大会なんだけど、前回の大会で僕が優勝したときに『これから毎月ラストサバイバルを開催してほしい』っていうお願いをしたから、そのとおりになった。

このお願いっていうのが、ラストサバイバルの特徴だ。


ラストサバイバルで優勝することができれば、なんでも願いをかなえてもらえる。


たとえばそれは『お金がほしい』でもいいし、『世界中を旅したい』でもいいし、『だれかの命を助けたい』っていうのでもいい。

もちろんそのためには、この大会で優勝する必要がある。

ラストサバイバルは、だれが1番になるのか競う大会って言ったけど、なにをするのかは毎回変わる。

最近だと、だれが最後まで人体模型から逃げきれるのかを競う『サバイバル鬼ごっこ』っていうのをやった。

他にも、だれが一番長く教室のなかにいられるかを競う『サバイバル教室』や、だれが一番長く歩いていられるかを競う『サバイバルウォーク』なんてものもあった。

話を聞くだけだと、おもしろそうに思えるかもしれないけど、この大会で優勝するのはそうかんたんなことじゃない。

それこそ、大会中に意識を失ってたおれる子、なんていうのはたくさんいる。

だから僕も、ちょっと前までは『こんな大会、二度とでたくない』って思っていた。

だけど、いまはちがう。

もちろん、不安がないって言えばうそになる。

僕も、大会中にたおれたことがあるし、病院に運ばれたことだってある。

この大会で優勝を目指すのはすごく大変だ。

みんな優勝を目指して全力をだすから、こっちも全力をださなくちゃいけない。

それは大変なことだけど、だからこそ楽しいっていうのが最近わかってきた。

本気でくらべあうのは、楽しい。

本気で競いあうのは、楽しい。

そういうことで、僕はいま、山のなかをがんばって歩いている。

『サバイバルアドベンチャー』

それが、今回、僕達が参加している競技の名前だ。

ルールを一言で言うなら『制限時間内に目的地に行けなかったら失格』っていう感じになる。

そして、目的地に行くためだったら、なにを使っても、どんなルートを通ってもいい。

現に僕がいま歩いてきたところは、ふつうの道じゃない。

崖みたいな急斜面を登ったのだって1回や2回じゃないし、似たような場所で何度も休んだりしている。

どこもかしこも同じように木がはえているから、正直どっちの方向からきたのかなんてわからない。

……つまり僕はいま、この山のなかで遭難している真っ最中ってことだ。

『選手認証、桜井リク――性別、男――OK』

受付でわたされたタブレットを顔の前でかざしていると、画面に僕の名前が表示された。

「へえ、いまのやつってそれだけでわかっちゃうんだ」

すると、となりに座っていた朱堂さんが、僕のタブレットをのぞきこみながらそんなことを言ってきた。

「朱堂さんもやってみたら？　ほら、こうやってタブレットを顔の前に持ってきて……」

「あ、すごい、私のもなった。『選手認証、朱堂ジュン――性別、女――OK』だって」

そう言いながら、朱堂さんが自分のタブレットに表示されている名前を僕に見せてくる。

朱堂さんは、僕が最初のラストサバイバルに参加したときからいっしょにいる、僕の友達だ。

女の子としてはかなり背が高いほうで、手足がすらりとのびている。

性格もかなりしっかりしているから、中学生と言われても違和感がない。そんな子だ。

僕達はいま、今回のラストサバイバルの会場となる場所へ行くために、飛行機にのっていた。

飛行機といっても、そこまで大きいものじゃない。のっている人数も50人ぐらいで、人数的には新幹線一両分にも満たないぐらいだ。

その代わり、この飛行機にのっているのはみんな、今回のラストサバイバルに参加する選手達だ。

今回のラストサバイバルでは、あたらしく選手の募集があったから、初めて見る子もけっこういる。

飛行機のなかの空気は、あまり

いいとはいえなかった。

ラストサバイバルで優勝すれば、なんでも願いがかなう。

だけどそれは、言いかえると、優勝しなかったらなんの意味もないってことだ。

そういうプレッシャーが積みかさなって、飛行機のなかにはどこかピリピリとした空気がただよっていた。

僕はというと、あんまり緊張はしていない。

今回僕は、願いをかなえるためじゃなくて、このラストサバイバルっていう大会を楽しむために参加している。だから正直、こういうピリピリした空気は苦手だった。

ここが外だったらまだ気がまぎれるんだけど、しめきった飛行機のなかだと、どうしても圧迫感がある。

「うおおお！　おい、ツバサ。外見てみろ、外！　本当に飛んでやがるぜ！」

だけど、そんなピリピリした空気をぶちこわすような声が、僕のすぐうしろの席から聞こえてきた。

顔を見なくてもわかる。これはゲンキ君の声だ。

ゲンキ君は、名前のとおり、元気っていう言葉をそのまま形にしたような子だ。

このラストサバイバルに参加する子は、優勝して、願いごとをかなえたいっていう子が多いけど、ゲンキ君にそういうのはない。

ゲンキ君は最初から最後までこの大会を楽しむために出場している。

そういう意味では、僕とゲンキ君がこの大会にでる理由はまったく同じってことになる。

「外見ろって……おまえがじゃまで見えねえよ……」

そして、ゲンキ君の声のあとで、冷静にツッコミをいれるツバサ君の声が聞こえてきた。

ツバサ君は、ゲンキ君とはちがって、クールな感じがする男の子だ。

目つきがするどいから、ちょっとこわい感じもするけど、それがかえってカッコよさにつながっていたりする。

そんな見た目だけど、実はあまいものが好きだったり、暗いところがこわかったり、そういうお茶目な部分もたくさんあったりする子だ。

他にも前回のラストサバイバルでいっしょになった友達はいるんだけど、いまはちょっとはなれた席に座っている。

それでもきっと、ゲンキ君の声は聞こえたはずだから、それで緊張をほぐしていたらいいな、と僕は思う。

「それにしても、飛行機で移動ってすごいよね。しかもこれ、貸しきりだろうし」

と、僕が機内の様子を見わたしながら言うと、朱堂さんは笑いながら両肩をすくめた。

「ミスターＬからしたら、そうでもないんじゃない？　なんてったって、世界一の大金持ちって呼ばれてるんだしさ」

朱堂さんが言ったミスターＬとは、このラストサバイバルの主催者の名前だ。

もちろんそれは本名じゃないし、その素顔はだれも見たことがない。

素顔はだれも見たことはないけれど、ミスターＬの名前を聞けば、だれでもその姿を思いうかべることができる。

それはなぜかというと——

「動くな、みんな手をあげろ！　この飛行機は、私がハイジャックさせてもらったよ！」

と、そのとき、飛行機の前の扉がいきおいよくひらいて、白いかっこうをしたライオン頭の男があらわれた。

ハイジャック、とライオン頭の男が言ったけれど、子供達があわてることはなかった。

なにをかくそうこの白いライオン頭の男こそが、ミスターLだからだ。

ミスターLの素顔はだれも見たことがない。

その代わり、ミスターLが僕達の前にあらわれるときは、なにかの特殊メイクをしてあらわれる。

たとえばそれはシャチだったり、フクロウだったりするわけだけど、今年はライオンの頭でいることが多い。

特殊メイクの種類は変わることがあるけど、その白いかっこうっていうのは変わらない。

白い髪、白いシャツ、白いズボンに白い靴。

頭の先からつま先まで、ありとあらゆるものが白い。

だから、世間一般のミスターLのイメージは『動物頭の白い男』っていうことになる。

「あれ？　みんなノリが悪いな。ああ、動かないで手をあげる方法がわからないのかな？　じゃあ、こうしよう、**手をあげてから動くな！**　さあ、これでわかりやすくなった」

そうミスターLは言いなおしたけれど、やっぱり手をあげる子はほとんどいなかった。

そんな僕達を見て、ミスターLはわざとらしいため息をついた。

「――なんだったら、本当にこのまま誘拐してもいいんだけどね……」

その瞬間、機内の緊張が一気に高まった。

けれど、その緊張を打ちやぶるように、ミスターLがパン、と手をたたく。

「はっはぁ、冗談だよ。この場をなごませるジョークってやつさ」

と、ミスターLは笑ったけど、正直僕は笑えなかった。

ミスターLだったら、本当に気まぐれで僕達を誘拐するかもしれない。

そう思えてしまう不気味さが、ミスターLにはあるからだ。

「タブレットは腕につけた？　シートベルトはしっかりしめた？　覚悟はきめた？　準備はできた？　いよいよ、ラストサバイバルが始まるよ！」

そして、ラストサバイバル、とミスターLが口にしたとき、機内の空気がもういちどはりつめたものに変わった。

「それじゃあさっそく、今回のラストサバイバルのルールを説明させてもらおうかな」

ミスターLはそう言いながら、飛行機の真ん中の通路を歩きはじめる。

「今回の競技の名前は『**サバイバルアドベンチャー**』。いまから君達は、とある島のなかで冒険をすることになる」

島のなか、という言葉に少しだけ機内がざわつく。

けれどミスターLが説明をつづけたため、そのざわめきはすぐにおさまっていった。

「いまはまだ表示されないけど、島についたら、みんなに配ったタブレットに島の地図が表示されるよ。そしてその地図の上に制限時間と目的地がいっしょに表示される。ここまではいいかな？」

そう言って、ミスターLはぐるりと僕達のほうを見まわした。

そして、なにも質問がないのを確認してから、説明をつづける。

「さて、君達はその制限時間内に、タブレットに表示された目的地へ行かなくちゃいけない。もし制限時間内に目的地へ行けなかった場合は、その時点で失格になる。そしてそれを最後の一人になるまでくりかえすんだ。それが、今回のサバイバルアドベンチャーのルールだよ」

そのときちょうど、ミスターLは通路の一番うしろまでたどりついたようだった。

そこでミスターLは両手をひろげて、くるりと前にむきなおる。

「補足の説明をさせてもらうと、君達はその目的地にむかうために、なにをしてもかまわない。どんなものを使ってもいいし、どんなルートを通ってもいい」

どんなものを使ってもいい、と言われても、僕は正直ピンとこなかった。

そもそも、いまの僕達には荷物らしい荷物がない。というより、この飛行機にのるときに個人が持ってきていた荷物はぜんぶとりあげられている。

だから、僕達が持っているのは、このタブレットぐらいしかないのだ。

「さあ、みんな、準備はいいかな。くりかえすけど、シートベルトはしっかりしめてね」

すると、ミスターLはもういちど確認するように、そんなことを言ってきた。

どうしてそこまで、シートベルトのことを言うんだろう？　と僕は不思議に思う。

もちろん、飛行機の離着陸のときはシートベルトをしめなくちゃいけないけど、そんなに心配することだろうか？

そう思いながら、念のため僕は自分のシートベルトを確認してみる。

「あ、リク。シートベルトの位置、もっとさげたほうがいいよ。お腹じゃなくて腰のところにまで」

すると、朱堂さんが僕のほうを見てそう言った。

「え、どうして？」

「シートベルトをお腹にあてると、もしものときにベルトがお腹にくいこんじゃうからね。だからそうならないように、腰のところにあてておくの」

「へえ、そうなんだ」

そうつぶやきながら、僕はシートベルトを腰の位置にまでさげる。

——そのときだった。

がくん、と機内がゆれた。

そしてそのゆれは一瞬じゃなくて、だんだん強いものになっていく。

地震!?　と僕は最初そう思った。

だけど、飛行機にのっていて地震なんて起きるわけがない。

そう思った瞬間、あまりのおそろしさに僕は息をのんだ。

空の上で地震なんて起きるわけがない。

じゃあ、このゆれの原因なんてひとつしかない。

ビー、ビー、ビー

そして、ゆれが大きくなっていくなかで、甲高いアラームが鳴りわたる。

墜落!?

その言葉が、僕の頭をよぎる。

「きゃあああ！」

一人の悲鳴が機内にひびいた。

その瞬間、せきを切ったように、子供達の悲鳴があがっていく。

「なんだってんだ、こんちくしょう！」

うしろから、ゲンキ君の声も聞こえてきた。

だけどその声も、他の子供達の悲鳴にかき消されていく。
ゆれが大きくなる。
アラームが鳴りひびく。
いつのまにか、まわりに変な煙も立ちこめはじめていた。
このままじゃあ、死ぬ。
そう思ったけど、僕にはなにもできなかった。
墜落する飛行機のなかで、できることなんてなにもない。
「さけんでないで、口閉じて！　舌、かみ切るよ！」
だけどそのとき、朱堂さんの声が機内の騒音をつらぬいた。
その言葉に、まわりが一瞬にして静まりかえる。
アラームは鳴りひびいていたけど、さけんでいる子は一人もいない。
「頭をかかえて、体を前にたおす！　足はぜったい、床からはなさないこと！」
朱堂さんの指示を聞いて、僕達は――おそらく、この飛行機にのっている全員の子は
――言われたとおりの姿勢をとった。

頭をかかえた状態で、僕は朱堂さんのほうを見てみる。

僕の視線に気づいた朱堂さんは、わざとらしく僕に親指を立ててくれた。

けれど、その目の奥はかすかにふるえている。

こわいんだ、というのがそれでわかった。

気丈にふるまって、みんなに指示をだしていたけど、朱堂さんだって本当はこわいんだ。

カッコいいな、と僕は思う。

たとえこわくても、とっさにこういう行動がとれるのは、本当にカッコいい。

いまはもう、飛行機のなかの状態は、ゆれているなんてかわいいものじゃなかった。

まるで洗濯機のようにぐるぐると、飛行機がまわっているのがわかる。

どちらが上で、どちらが下かもわからない。

なんだか目の前が薄暗くなってきた。

そのとき、場ちがいなほどに大きな笑い声が頭のなかに飛びこんでくる。

少しだけ通路のほうを見てみると、そこをミスターLが歩いているのが見えた。

飛行機が墜落しているはずなのに、ミスターLは平然と笑いながら歩いている。

「さあみんな、楽しい冒険が始まるよ！」

そして、その言葉を聞いた直後、僕は意識を失った。

1

〈賢者の道か強者の道か!?〉

▶ 現在のリクの位置 ◀

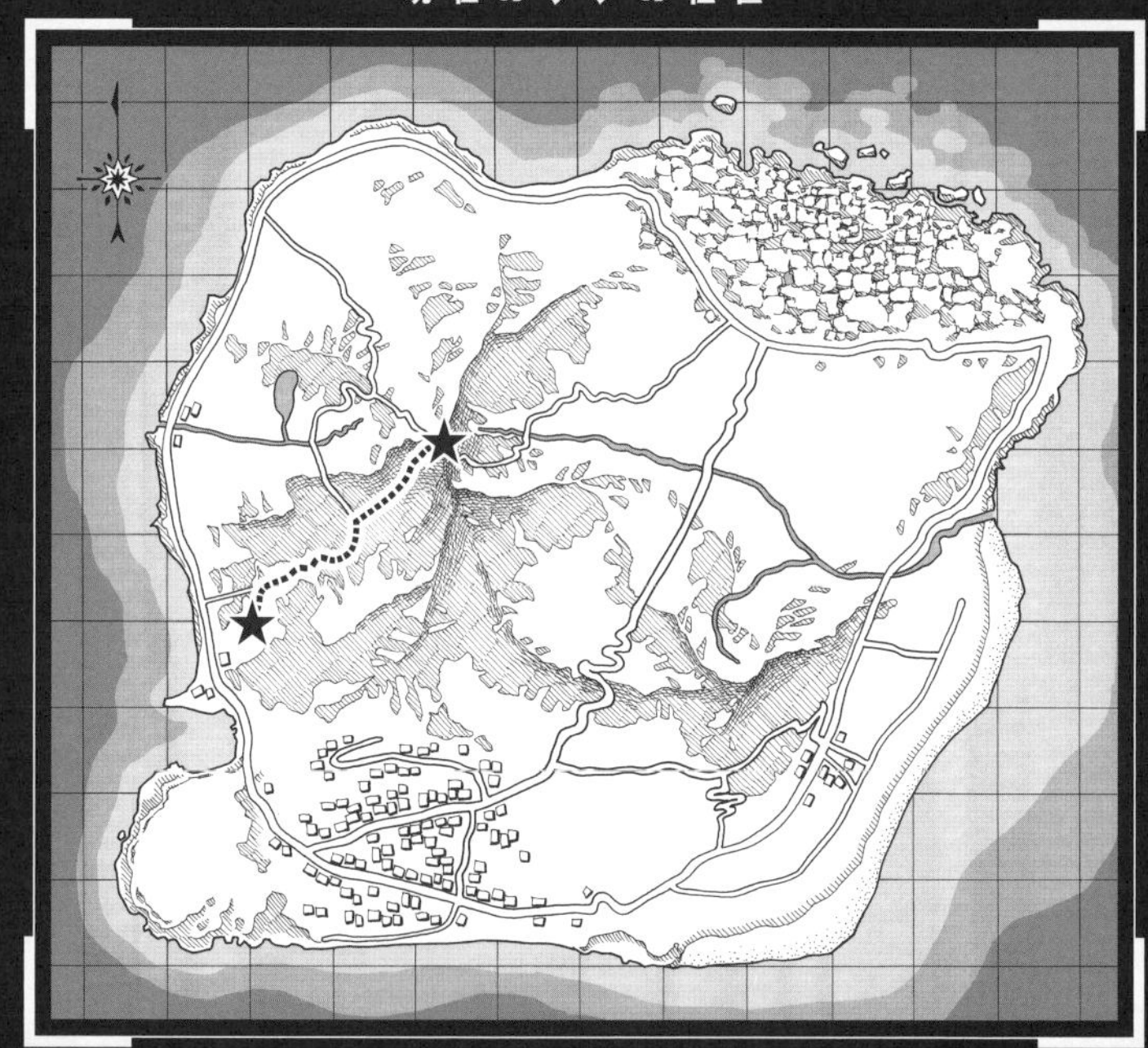

「……君……リク君」

だれかが僕の名前を呼んでいる。

風のささやきのような声だ。

薄暗い夜道を歩いているとき、うしろからひっそりと聞こえてくる、そんな声。

それが、僕の名前を呼んでいる。

ひょっとして、僕は死んじゃったんだろうか？

「リク君、だいじょうぶ？　リク君」

ぼんやりとした頭でそんなことを考えていると、もういちど声が聞こえてきた。

少しずつだけど、さっきより声がはっきりと聞こえてきている。

声が聞こえるっていうことは、少なくとも僕は死んでないってことだ。

「う……うん……」

聞こえてくる声に、小さく返事をして、僕は目をひらこうとする。

そのときだった。

「おい、リク！　だいじょうぶか！　目ぇ覚ませ！」

頭のなかに直接声がたたきこまれて、僕はあわてて飛び起きた。

「うわぁ！」

「お、起きたな」

おどろいて僕が声をあげると、聞き覚えのある笑い声がすぐ近くから聞こえてくる。

「あ、え？　えっと……」

パニックになりながら、声がしたほうをむくと、そこではゲンキ君がゲラゲラと笑っていた。

そして、笑っているゲンキ君のとなりには、もう一人男の子が立っている。

「……あれ、ユウ君？」

ユウ君は、前回のラストサバイバルで知りあった、不思議なふんいきを持つ男の子だ。

前髪が両目にかかるぐらいに長くて、その奥にある黒々とした瞳がじっとこちらを見つめている。

「だいじょうぶ？　リク君？」

そして、まるで幽霊のようにひっそりとした声が、ユウ君の口からもれてきた。

「うん、だいじょうぶだけど……ここはどこ？」

と、言いながら、僕は改めてまわりの様子を確認する。

僕達はいま、ひろびろとした野原の上にいた。

運動場とか、公園とか、そういうものとはくらべ物にならないぐらいにひろい。

どうして僕達はこんなところにいるのか。

そう思ったときだった。

「さあみんな、調子はどうだい？　さっきの演出は楽しんでもらえたかな？」

とつぜん、僕の腕につけてあったタブレットにミスターLの姿が表示された。

「うわ、なんだいきなり！」

そしてどうやらそれは、僕のタブレットだけじゃなくて、ゲンキ君とユウ君のタブレットにも同じように表示されたらしい。

「演出って……あの飛行機の墜落のことかな？」

おどろく僕達をよそに、ユウ君はミスターLの言葉について、冷静にぶんせきしていた。

演出のために飛行機を墜落させるだなんてめちゃくちゃだとは思うけど、ミスターLだったらそれぐらいはやりかねない。

「まあ、それはともかく、はじめに君達がいる状況を説明させてもらうよ。まず、君達はいま、今回のラストサバイバルの会場となる島にいる。場所についてはバラバラに配置させてもらったけどね」

そう言ったところで、タブレットの画面がきりかわり、島の地図と現在地が表示された。

地図によると、島には小高い山が2つあって、南のほうには町もある。

どのぐらいひろいのかは書いていなかったけど、それでも実際にまわりを見わたしてみると、かなりひろい島だっていうのはわかった。

「さて、もういちどルールを確認してみよう。いまからその地図の上に目的地が表示される。君達は制限時間内にそこへたどりつかなくちゃいけない。そして、くりかえしになるけれど、そこに行くためだったら、なにを使っても、どんなルートを通ってもかまわないよ」

ルール説明をするミスターLの声が、だんだんはずんでいっているのがわかる。

それはまるで、はしゃいだ子供のような声だった。

それにつられて、ゲンキ君の口もとが、だんだんあがってきている。

「それじゃあ、最初の目的地はここだよ」

そして、地図の上に赤い丸が表示された。

最初の目的地は、ここから北にある山の頂上だ。

「制限時間は3時間。さあ、サバイバルアドベンチャーの始まりだ」

ミスターLがそう言うと、タブレットに表示された地図の上に『3：00：00』というタイマーが表示された。

おそらくこれが、今回の制限時間になるのだろう。

「はっはぁ。そんじゃあさっそく出発するか！　とりあえず、あの山にむかうってことでいいんだよな」

と言って、ゲンキ君が前方に見える山を指さした。

いちおう、ここから見える山はもうひとつあるけれど、地図を見ればどっちの山に行けばいいかっていうのはわかる。

「うん、たぶんあの山でいいと思うんだけど……」

そう僕が言ったときには、すでにゲンキ君は僕達に背中をむけて出発していた。

自由というか、パワフルというか、ゲンキ君の行動にはいっさい迷いがない。

「……すごく、楽しそうだね」

ゲンキ君のうしろをついていっている途中、ユウ君がそんなことを言ってきた。

たしかに、いまのゲンキ君はすごく楽しそうだ。

なんの荷物もなしに島にいるっていう状況を、ゲンキ君は心の底から楽しんでいる。

「まあ、ゲンキ君って、いつもあんな感じだから」

と、僕がそんなことを言うと、ユウ君の目がほんの少しだけ見ひらかれた。

はっきりとした変化じゃなかったけど、僕の言葉におどろいた、っていうのはなんとなくわかる。

「あれ？　なにか僕、変なこと言ったかな？」

「あ、いや……楽しそうって……ゲンキ君じゃなくて……リク君のことを言ったつもりだったから」

「僕が？」

言われてみて、僕は初めて自分が笑っていることに気がついた。

いったいいつから、と思って。すぐにあのルールの説明があったときからだ、と気づく。

あのミスターLの言葉を聞いて、あの子供のようにはしゃいでいる言葉を聞いて、それにつられて僕も笑っていたんだ。

ゲンキ君だけじゃない。

この状況を楽しんでいるのは、ゲンキ君だけじゃない。

そう思うと、なんだかすごくドキドキしてくる。

「おーい、リク、ユウ。なにしてんだ。早くこいよ」

そんなことを考えているると、前を歩いているゲンキ君から声がかかる。

いつのまにか、ゲンキ君との距離がかなりあいてしまっていたからだ。

「うん、いま行くよ」

そう言って、僕達は少しだけ歩くスピードをあげた。

そうして、僕達のサバイバルアドベンチャーが始まったんだ。

*

「んん？　なんだこりゃ？」

目を覚ました場所から30分ほど歩いたところで、僕達は立ち止まっていた。

すでにまわりには木々がはえていて、足もとも少し坂になっている。

場所としては、ようやく山のふもとに足をふみいれたぐらいのところだ。

そして、これから本格的に山登りが始まるぞ、というところで道がわかれていて、そこに看板が立っていた。

「ええと、左の道が『賢者の道』で、前に進む道が『強者の道』っていうらしいね」

看板に書かれていることを読んだあとで、僕は左につづく賢者の道を見る。

賢者の道は、車が通れるぐらいの幅がある道だった。

さすがにコンクリートの道路ってわけじゃなかったけど、それでもふつうのハイキングコースみたいにきちんと整備されている。

一方、強者の道と書かれたほうに、道らしい道はなかった。

腰ぐらいの高さの低木が、左右にわかれてはいたけれど、せいぜいそれぐらいのものだ。

賢者の道が整備された山道なら、強者の道は手入れがされていないけもの道っていう感じになる。

「これって、どっちかを選ばないといけないってことだよね？」

そのとき僕は、ミスターLが何度も言っていた今回のルールについて思いだしていた。

目的地に行くためだったら、どんなルートを通ってもいい。

賢者の道
強者の道

つまりこれは、ミスターLが僕達にどちらかの道を選ばせたいっていうことなんだろう。
強者の道は見るからに道が険しそうだけれど、頂上までの距離は短い。
逆に賢者の道は、遠まわりではあるけれど、歩く分には楽そうだ。

さて、どちらを行くか？

そんなことを考えていると、ゲンキ君がパン、と両手をたたいた。

「よっしゃあ、とりあえず多数決といこうぜ。俺はこっちの強者の道に一票だ」

と言って、ゲンキ君は木々がうっそうとおいしげる強者の道を指さした。

「いちおう、理由を聞いてもいい？」

「そりゃあおまえ、おもしろそうだからにきまってんだろ？　なんてったって冒険家みてえに、道なき道をつき進んでいくんだぜ」

冒険家、と言ったけれど、いま僕達はろくな荷物を持っていない。

というより、夏ということもあって、半そで半ズボンといった、かなりラフなかっこうをしている。

それでもゲンキ君の言葉を聞くと、行けるんじゃないかっていう気持ちになってくる。

「じゃあ、僕も強者の道に一票で」

と、僕が言ったのを聞いて、ゲンキ君が「よっしゃ」とうれしそうに笑う。

これで強者の道に二票はいったわけだけど、念のため僕達はユウ君のほうをむいた。

「僕は二人についていくよ」

ユウ君は、特に表情を変えずに僕達のほうを見てそう言った。

「本当にいいのか、別に無理する必要はねえぞ？」

「無理なんかしてないよ。僕も二人といっしょに行きたいだけだから」

「そうか、そこまで言うなら、だいじょうぶだな」

そう言ってゲンキ君が強者の道へとはいっていき、そのうしろにユウ君と僕がつづく。

そうして僕達は、強者の道に足をふみいれたんだ。

＊

強者の道を歩きはじめて1時間が過ぎた。

最初に目覚めたところから数えると、ちょうど制限時間の半分を使ったってことになる。

お世辞にも、いま歩いているところは快適とは言えなかった。

でこぼことした木の根っこ。手足を切ってくるするどい草花。

四つんばいになってようやく登れる坂道や、湿気でぬかるんでいる泥道。

初めのうちは『これぞ冒険』って感じがしたけれど、しだいにつかれがたまってきた。

「ねえ、ゲンキ君……僕達、道に迷ってない？」

そのとき僕は、ちょっと前から気になっていたことをゲンキ君に聞くことにした。

「どうしたリク？　いまさら不安にでもなったか」

けっこう歩いたはずなのに、ゲンキ君の声はまだはつらつとしている。

そう言いながら、ゲンキ君は自分のタブレットを操作しはじめた。

「安心しろって、いまんところ順調に……」

と、その言葉の途中でゲンキ君の言葉が止まる。

なにかいやな予感がしたけれど、すぐさまゲンキ君は自分のタブレットを操作するのをやめて、前へずんずんと進みつづけた。

「……オーケー、完ぺきだ。順調すぎてこわいぐらいだな」

「ちょっと待って、ゲンキ君。いまのまはなに!?」

「安心しろリク！　山っていうのは、登っていればいつか頂上には行けるんだよ」

「なんでとつぜんそんなこと言いだすの!?」

さすがに心配になって、僕はその場に立ち止まり、すぐさま自分のタブレットを操作する。

そういえば、この山にはいってからタブレットを操作するのはこれが初めてだ。

歩いているときは操作しているヒマなんてなかったし、ゲンキ君がどんどん進んでいるから、てっきり道がわかっているものだと思っていた。

そして、タブレットに表示された地図を見たとき、僕は言葉を失った。

前まで地図に表示されていた現在地がなくなっていたからだ。

これじゃあ、いま僕達がどこにいるのかがわからない。

いったいいつから？　と僕は思いだそうとする。

少なくとも、この山にくるまではきちんと表示されていた。

じゃあ、あのわかれ道のときは？

考えてみても、わからない。

でも、いまとなってはあまり関係がないことだ。

タブレットが故障したのか、ミスターLがそういうふうにしくんだのかはわからないけど、いま現在地が表示されていないってことは変わらない。

「とうとうバレちまったな……」

すると、先頭を歩いていたゲンキ君が僕のところまでもどってきて、そんなことを言った。

深刻そうな顔で言っているけど、ふざけているってことぐらいはわかる。

「いや、バレちまったな、じゃないでしょ！　むしろ、なんでバレないと思ったの？」

と、僕がツッコミをいれると、ゲンキ君はいつものようにゲラゲラと笑いはじめる。

ちなみに、このときユウ君は、ここから少し進んだところにある倒木に腰をおろして、休んでいるようだった。

「まあ、そんなあわてんなって。少なくとも頂上には近づいてるんだからよ」

「どうして、そんなこと言えるのさ？」

「さっきも言っただろ？　山ってのは、登れば頂上には行けるんだ」

自信満々に言うゲンキ君に対して、僕はなにも言いかえせなかった。

ゲンキ君が言っていることはめちゃくちゃだけど、まちがってはいないからだ。

たとえ道がわからなくても、登っていれば頂上には行ける。

「それに、いまさらもどろうとしたって、どっちからきたかなんてわからねえしな。だったら、一気に登っちまったほうがいいだろ？」

そう言われて、うしろをふりかえってみたけれど、たしかにきた道なんてわからない。

となるとゲンキ君の言うとおり、このまま頂上にむかったほうがいいのかもしれない。

「……ごめん、たしかにゲンキ君の言うとおりだね」

「あやまる必要なんてねえさ。迷子なことには変わらねえしな」

「迷子っていうか、遭難してるよね？」

「それをふくめての冒険ってやつだ。ツバサ達と合流したらじまんしてやろうぜ」

「あきれられるだけだと思うけど……」

と言って、僕はくすりと笑った。

そんなことをゲンキ君と話しているとき、僕はひとつ気づいたことがあった。

山のなかで迷ったとき、一番ダメなのは弱気になることだ。

助からないって思いこんで、パニックになっちゃいけない。

だいじょうぶだって自分に言い聞かせて、できることを冷静に考える。

そうすると、現在地が表示されないことについてゲンキ君がふざけたのも、この場をなごませるためには必要だったのかもしれない。

と、そのとき、むこうのほうで休んでいるユウ君と目があった。

ユウ君は少し先の倒木に腰をおろして、僕達のほうを見て笑っている。

ふだんユウ君が笑うときは、ほんのわずかにほおをあげるだけなんだけど、そのときのユウ君ははっきりと笑っていた。

その笑顔を見た瞬間、僕はゾクリとした。

ユウ君のうかべている笑みが、ふつうじゃなかったからだ。

目の奥にある瞳孔が、はっきりとひらいているのがここからでもわかる。

少なくとも僕は、ああいう笑顔を見たことがない。

なにかにとりつかれたような笑み。

まるで、姿形だけを真似た人形がうかべるような、そんな笑み。

僕のすぐ近くではゲンキ君が笑っているはずなのに、その声すら、そのときの僕には聞こえなかった。

「おい、どうしたリク？」

ゲンキ君に肩をたたかれて、僕はハッと我に返る。

そのときはもう、ユウ君の表情はもとにもどっていた。

いまのはいったいなんだったんだろう？

ゲンキ君に言おうかとも思うけど、気のせいだと言われればそれまでだ。

「いや……ちょっと、のどがかわいたなって……」

と、僕が言うとゲンキ君は「汗でもなめろ」と笑いながら答えた。

どこまで本気かわからないけど、本当に限界になったらそうするしかないよな、と僕は思う。

「まあ、ここでじっとしててもしかたねえし、さっさと目的地に行っちまおうぜ……道はわからねえけどな」

山で道がわからないだなんて、本当だったら絶望的だけど、ゲンキ君が言うとなんだかたいしたことのないように思えてしまう。

そうしてゲンキ君は座っているユウ君の横を通り過ぎて、僕達の先頭に立った。

ゲンキ君が横を通り過ぎるタイミングで、ユウ君も立ちあがってそれについていく。

少なくとも、そのときのユウ君におかしなところは見あたらない。

そうして僕達は目的地にむかって、もういちど歩きはじめたんだ。

*

それからまた、1時間近くが経過した。

時間を確認すると、残りの時間はあと30分ってところだ。

それなのにまだ、目的地にはたどりついていない。

僕達がいまいる強者の道は、もう片方の賢者の道よりも、距離的には短いはずだ。

それなのにまだ目的地につかないってことは、やっぱり道をまちがえているんだろうか。

そんなことを思う。

でも、いくら距離が短いとはいえ、道が険しかったらその分時間はかかるだろう。

けっきょく、時間で考えるとどっちでも変わらないんだろうか？

だったらわざわざこっちの道じゃなくて、賢者の道を選んでいれば……。

そう思って、僕は頭を横にふった。

やめよう、そういうことを考えるのは。

そもそも僕は、楽かどうかでこっちの道を選んだんじゃない。

道なき道をつき進むっていうゲンキ君の言葉に、つき動かされてここにきたんだ。

そこに後悔なんてない。


「――ん？」

そう考えたとき、とつぜん先頭を歩いていたゲンキ君が立ち止まった。

それにあわせて、ユウ君と僕も立ち止まる。

「どうしたの、ゲンキ君？」

そう言って、僕が顔をあげると、目の前に大きな壁があらわれた。

行き止まり？　と最初は思ったけど、よく見るとそれは壁じゃなくて、ものすごく急な坂道だった。

「うわ、すごいねこれ……」

と、僕がつぶやくとゲンキ君が『静かに』というように人さし指を立てた。

なんだ？　と思って、静かにしていると、坂の上からかすかな音が聞こえてくる。

それは、だれかの話し声だった。

それも、ひとつやふたつじゃない。

人が多く集まったときに聞こえる、ざわめきのような話し声だ。

この山で、そういう声が聞こえたっていうことは……。

「はっはぁ！　目的地は近いぞ！」

その静寂をぶちやぶるように、ゲンキ君がさけぶ。

おそらく、いま聞こえてきた話し声は、先にゴールにたどりついている子供達の声だったんだろう。

「でも目的地に行くには、これを登らないといけないってことだよね……」

これ、と言いながら、ユウ君は目の前にある坂をもういちど見あげた。

ここまでも崖みたいな急斜面にでくわしたことはあったけど、この坂道は別格だ。

歩くようにして登ることはぜったいにできない。

両手両足を使って、坂にはりつきながら登る必要がある。

しかも、かなり高い。

建物でいうなら、3階か4階か、それぐらいはある。

上からロープがはってあるから、それを使えってことなんだろう。

「いいじゃやねえか！　冒険に試練はつきもんだぜ！」

そんな坂道を目の前にしても、ゲンキ君の顔がくもることはなかった。

たしかにゲンキ君だったら、こんな坂道なんてどうってことないのかもしれない。

でも、僕とユウ君は、正直登れるかわからない。

もし体力によゆうがあったら登れるかもしれないけど、いま僕達の体力はカラカラだ。

だからといってあともどりはできなかった。

ここを登れば、目的地まではあと少しだ。

「よっしゃあ、じゃあ俺から行くぜ」

そう言って、ゲンキ君は上からはられているロープをつかんで、ゆっくりと上に登っていく。

力強い登りだ。

速さはないけれど、一歩一歩がしっかりとしている。

そして、ゲンキ君が1メートルほど登ったところで、ユウ君がそのあとにつづいた。

ユウ君も、ゲンキ君のようにロープをつかみながら、数珠つなぎに登っていく。

ちゃんと登れるのか少し心配ではあったけど、この様子だったらだいじょうぶそうだ。

そして、ユウ君が1メートルほど登ったところで、僕の番がきた。

上からはられているロープは、思ったよりもしっかりとしていた。

ちなみにこのロープは上からたれているんじゃなくて、しっかりと下でも固定されているから、たとえばだれかがロープを引っぱりあげるってことはできない。

ロープをつかんで、僕は最後の斜面を登りはじめる。

あせる必要はない。リズムよく、一歩一歩を確実にふみしめていく。

壁のような急斜面といっても、本当に垂直ってわけじゃない。

坂自体はきちんと奥にかたむいているから、ロープから手をはなしても、地面にしがみついてさえいれば落下はしない。

下は見ない。

そしてなるべく上も見ない。

残りの高さがどれぐらいであっても、5分もあれば上には登れる。

つまり、いまから5分後には僕達はこの坂を登りきって、目的地に到着しているってことになる。

そう考えればこわくない。

どれぐらい登っただろう？

半分まではきたか、それぐらいも登っていないか。
考えるのはやめよう。登ることだけを考えるんだ。
最悪、登れない状況になっても、落ちなかったらそれでいい。
そのためには、なるべく体を地面のほうへと押しつける必要がある。
ほおずりができるぐらいに、地面と体を密着させる。
口で息をすると、土の味がした。
ゲンキ君やユウ君がまきあげた土が、頭の上に降ってくる。
まちがいだったな、と僕は思う。
三人でいっしょに坂を登ろうとするのはまちがいだった。
一人ずつ順番に登っていれば、上の人がまきあげた土を頭からかぶることはなかった。
それにもし――
と思って、僕はあることに気がついた。
――もし、ここで上の人が足をすべらせたら、下にいる人はどうなるだろう？

そう考えたとき、さぁ、と血の気が引いた。
もし上の人が足をすべらせたら、下の人はそれにまきこまれてしまう。
まきこまれてしまったら、あとは……。
と、僕はそのとき、下を見た。
まともに見たわけじゃないけど、どのぐらいの高さにいるのかはわかった。
少なくとも、３階以上の高さに僕達はいる。
ああまずい。
見るんじゃなかった。
気づくんじゃなかった。
手足に力がはいらない。
頭のなかがふわふわしてくる。
おちつけ、と僕は思う。
少なくとも僕はここまで登ってこられたんだ。

5分とは言わない。

残り1分だけでいい。

残り1分のあいだに、全力でこの坂を登りきればいい。

そう思ったときだった。

「しゃおらぁ！　登りきったぜこんちくしょう！」

ゲンキ君の声が、すぐ上から聞こえてきた。

ぱっと上を見てみると、坂を登りきるまであと3メートルぐらいのところまできていた。

僕の位置から3メートルぐらいだから、ユウ君の位置からだとあと2メートルぐらいだ。

もう少し。

あとちょっとでたどりつける。

だけど、坂を登りきったゲンキ君が、手に持っていたロープをはなした瞬間、僕達の体が横にゆれた。

上から下へロープがはってあるといっても、ぜったいに動かないってわけじゃない。

いままでほとんどロープが左右にゆれなかったのは、ゲンキ君が無意識のうちに、その動きをコントロールしていたからだ。

そのコントロールが、いまなくなった。

体が横にゆれるといっても、せいぜい50センチぐらいだ。

でもそれは、僕達が足をふみはずすにはじゅうぶんな距離だった。

「うわっ！」

僕はロープを両手でにぎり、なんとかそこにぶらさがる。

けれどその瞬間、ユウ君の手がロープからはなれた。

支えを失ったユウ君の体が、僕の上に落ちてくる。

落ちる、といっても、斜面になっているからずり落ちてくる、というほうが正しい。

だけど、一回坂でずり落ちてしまえば、どんどんスピードは増していく。

そうなるともう、止めることはできない。

雪崩や土砂くずれを止められないのといっしょだ。

それを止めるには、スピードがのる前に止めてやるしかない。

「ダメ！」

だからとっさに僕は、左手でユウ君の体を支えた。

でもそれは、僕の体重とユウ君の体重を、ロープをにぎった右手一本で支えるってことでもある。

それでもここで手をはなしてしまえば、二人とも落ちてしまう。

はなすわけにはいかない。

必死に足場をさがして、なんとかその場に止まろうとする。

止まれ、と僕は思った。

ここで落ちてしまったら、本当に命が危ない。

全力をこめて、坂にはりつく。

そうしてなんとか、僕達はその場に止まることができた。

「おい！　リク、ユウ！　だいじょうぶか！」

上のほうからゲンキ君の声が聞こえたけど、それに答えるよゆうはなかった。

「はぁ、はぁ……はぁ」

なんとかふみとどまることはできたけど、状況がよくなったわけじゃない。

けっきょくのところ、僕達は僕達の力だけで、この坂を登らないといけない。

そう思ったとき、右手にいやな感触がした。

みち、とも、**みり**、ともいえる、なにかがちぎれそうなときの感触だ。

それが、手のひらを通じて伝わってくる。

「ゲンキ君！　ロープが切れそう！」

「なにぃ！」

と、次の瞬間、急に僕の体が軽くなった。

上のほうでロープが切れたんだ、というのがそれでわかった。

ユウ君は、ほとんどロープにつかまっていなかったから、坂にはりついたままでいられたけど、僕はそういかない。

このままじゃあ、落ちる。


「だっしゃあ！」


そう思ったとき、坂の上からゲンキ君の声がして、がくん、と僕の体が止まった。

おそらく、上のロープが切れたのと、ゲンキ君がロープをつかんだのは、ほとんど同じタイミングだったんだろう。

一瞬体が軽くなったのは、切れたロープがゲンキ君の手のひらをすべったからだ。

「おい！　ユウ！　リク！　あとは自力で登ってこい。ロープは俺が支えててやる！」

ゲンキ君はそう言ったけど、僕はもうロープを使って登る気にはなれなかった。

上でゲンキ君が支えてくれるとは言ったけど、さすがにユウ君と僕の体重を一人でずっと支えるのは無理だろう。

だから僕はゆっくりとロープから手をはなし、坂道にしがみついた。

いま僕に、命をつなぐものはない。

それがかえって頭のなかを冷静にさせる。

まずはおちつこう。

とりあえず、このままでいれば落ちることはない。

「ユウ君！　先に登って！」

そう僕が言うと、ユウ君はロープをつかんで、少しずつ坂を登りはじめた。

よし、これでいい。

僕が登るのは、ユウ君がぜんぶ登りきってからだ。

そうすれば、僕は僕のリズムで、この坂道を登ることができる。

「よし、リク！　ユウが登り終わったぞ！」

ゲンキ君の声を聞いて、僕はゆっくりと、右手を上にあげた。

そして右手で地面をつかんだあとは、右足をあげて、右足をあげたあとは左手をあげる。

最後に、残った左足をあげて、もういちど右手を上にあげる。

それを何度もくりかえす。

ロープは使わない。
ロープを使って登ろうとすると、ロープが切れたときにそのまま落ちてしまうからだ。
だから、ロープを使うのは緊急のときだけにする。
そうして僕は少しずつ、上に登っていった。
下は見ない。
そして、上も見ない。
するととつぜん、体がぐい、と持ちあげられた。
坂の上にいたユウ君が、僕を引きあげてくれたからだ。
どうやらいつのまにか、坂を登りきっていたらしい。
僕が登りきったのを見て、ゲンキ君はつかんでいたロープを投げ捨てる。
そのあとで、だれに言われたわけでもないのに、僕達は見つめあった。
「よっしゃあ！」
そして、ゲンキ君のかけ声とともに、三人でハイタッチをする。
手のひらがじんじんとしたけれど、いまはそれがすごく気持ちいい。

「……っと、つーかこうしちゃいられねえな。さっさと目的地へ行くとしようぜ」

ゲンキ君にそう言われて、僕達は子供達の声のするほうへと進んでいったんだ。

*

それから、ものの3分も歩かないうちに、ぱっとあたりが明るくなった。

森をぬけた先は、キャンプ場にある小さな広場みたいになっていて、そこにはすでに何十人かの選手が集まっている。

そしてそこには選手だけじゃなくて、大会のスタッフやミスターLの姿もあった。

タブレットを確認すると、まだ制限時間までは10分以上残っている。

まにあったんだ、と僕達はほっと一息ついた。

「おお！　リク、ゲンキ、ユウ。久しぶりだな！」

と、そのとき、横から僕達を呼ぶ声が聞こえた。

声のしたほうを見ると、そこには二人の男の子と、一人の女の子が立っている。

そのなかで、さっき僕達の名前を呼んだのは、眼鏡をかけた男の子だった。

「ケンイチロウ君！」

と、僕がその子の名前を呼ぶと、すかさずケンイチロウ君が、

「ケンちゃんでいいぞ！」

と、返してきた。

「いや、ケンイチロウ。だから変なあだ名をむりやり使わせようとすんなって……」

それを聞いて、ケンイチロウ君のとなりにいた男の子――ソウタ君が、うんざりとした様子でつぶ

やいた。

「どこが変だっていうんだ……ああそうか、ソウタもフレンドリーなあだ名がほしいんだな？　だったら、俺はこれからソウタのことはソウちゃんと呼ぶことにしよう」

「それはマジでやめてくれ！」

そんな二人のうしろでは、気弱そうな女の子――ヒナさんが僕達のほうを見ていた。

ケンイチロウ君も、ソウタ君も、ヒナさんも、前回のラストサバイバルでいっしょになった僕の友達だ。

「ヒナさんも久しぶり」

とりあえずケンイチロウ君とソウタ君の漫才はほうっておくことにして、僕はヒナさんに声をかけた。

するとヒナさんはびくっと体をふるわせて「ひ、久しぶり」と答えてくれた。

なにかにおびえるようなそのしぐさに、僕は首を横にかしげる。

いったい、なににおびえてるんだろう？　と思ったとき、ゲンキ君が広場にむかって声をかけていた。

「おおい、ツバサ、朱堂！」

そう言ったゲンキ君の視線の先には、ツバサ君と朱堂さんがいた。

どうやら二人も、ここへ無事にたどりついていたらしい。

「……なんだ？　おまえらのそのかっこう？」

そして、僕達に合流したあと、ツバサ君がそんなことを言った。

そのかっこう、と言われて、僕は改めて自分のかっこうを見てみる。

さっき、あの坂道を登ったっていうこともあって、体はかなりよごれていた。

しかも、半そで半ズボンだったせいで、切れたり、すりむいたりしているところもたくさんある。

たぶんヒナさんは僕達のこのかっこうを見て、おびえていたんだろう。

「おお、聞いてくれツバサ。俺達の大冒険の数々をよ」

と言って、ゲンキ君はここにくるまでのことを説明しはじめた。

山の入り口で、道が二手にわかれていたこと。

そのなかで、僕達は険しい強者の道を選んだこと。

そして、途中で遭難したときのことや、さっきの急斜面を命がけで登ったことを、ここにいるみんなに説明する。

「おまえら、あっちの道を通ったのか？」

説明が終わったあと、最初に口をひらいたのはケンイチロウ君だった。

「あっちの道って、ケンイチロウ君はどっちからきたの？」

「俺は、ソウタとヒナといっしょに賢者の道を通ってきたんだ」

「つーか、強者の道を通ってきたって……おまえらスゲーな」

ケンイチロウ君の言葉のあと、ソウタ君が感心したように言う。

そう言われて、僕はちょっとだけうれしくなった。

もちろん、ほめられたくて強者の道を選んだわけじゃないけど、それでもそう言われると、大変な思いをしてきたかいがあるってものだ。

だけど――


「……私は、そうは思わないけどね」


朱堂さんは、うかれていた僕達の気持ちを断ち切るようにそう言った。

「おうおう、なんだ朱堂！　俺達の大冒険にケチつけようってのかぁ？」

朱堂さんの言葉を聞いて、ゲンキ君が反論する。

ゲンキ君の言い方がどこかのチンピラっぽくなってるけど、もちろん本気で怒っているわけじゃないだろう。

「あたりまえでしょ？　私はリク達のしたことをまったくすごいと思わないよ。というより、はっきり言って、ふざけるなって思ってる」

ゲンキ君は本気じゃなかったけど、朱堂さんの声は本気だった。

本気で、朱堂さんは僕達三人に腹を立てているっていうのがわかる声だ。

「半そで半ズボンで、水も持たずに山登り。しかも、そこしか道がないっていうならともかく、自分達でそっちを選んだんでしょ？　それって、信号をわざわざ赤でわたったのをじまんしてるようなものだからね？」

朱堂さんの言葉を聞いて、僕はぐっと奥歯をかみしめた。

どうしてそんなことを言うのか。

せっかくここまでがんばってきたんだから、少しぐらいほめてくれてもいいじゃないか。

そんなことを、僕は思ってしまう。

「あらあら、ずいぶんときびしいことをおっしゃいますね」

するとそのとき、僕達をあざ笑うような声がすぐ近くから聞こえてきた。

顔をあげてみると、そこには髪を両端でしばった女の子――カレンさんが立っていた。

カレンさんも、ここにいるメンバーといっしょで、ラストサバイバルに何回も出場している子だ。

だけどカレンさんは僕達の友達ってわけじゃない。

友達というよりは、ライバルとか強敵とか、そっちのほうがしっくりとくる。

基本的にカレンさんは僕達をほめてくれたり、かばってくれたりすることはない。

むしろ、いつもニヤニヤという笑みをうかべながら、僕達を挑発してくることが多い。

「せっかくがんばってここまできた友達に、どうしてそういうことを言うんでしょう。それにもし注意するにしても、もう少しやさしく言ってもいいんじゃないですか？」

だけど、そのときのカレンさんは、いつものカレンさんとは少しちがっていた。

カレンさんの言葉はまるで、僕の気持ちを代弁するようなものだったからだ。

そんなカレンさんに対して、朱堂さんはより語調を強くする。

「ここでリク達をほめたら、何回だって似たようなことをするからね。だからここではっきり言わなくちゃダメなんだよ」

「ああなるほど、『おまえのために言っているんだ！』ってやつですか？」

その言葉を聞いて、僕はちょっとムッとした。

もし朱堂さんがそういうことを言っているんだったら、僕だってだまっていられない。

本当に僕のために言ってくれているんだとしたら、それは大きなお世話ってやつだ。

「リク達のためじゃなくて、私のため」

だけど、朱堂さんは間髪をいれずにそう言った。

「単純に、私がリク達に死んでほしくないからそう言ってるの」

「――っ！」

死んでほしくない。


その言葉を聞いた瞬間、頭をがつんとなぐられたような気がした。

大きなお世話だとか、ちょっとぐらいほめてくれてもいいじゃないかとか、そういう思いがその一言で消しとんだ。

朱堂さんがそう言ったあと、カレンさんは両肩をすくめて、どこかへと去っていく。

だけどそのあとも、僕の頭のなかには朱堂さんの言葉がぐるぐるとうずまいていた。

死んでほしくない。

僕だけじゃない。ゲンキ君もユウ君も、きっと同じことを思っているはずだ。

たしかに今回はだいじょうぶだったけど、もういちど同じことをやったとしたら、無事でいられるかどうかはわからない。

自分だけの問題じゃないんだ。

朱堂さんや、ツバサ君。お母さん、お父さん、自分にかかわったぜんぶの人。

もし僕が死んだら、そういう人達みんなを悲しませることになる。

僕だって、みんなを悲しませたくてこんなことをやったんじゃない。

だったらそういうことを軽い気持ちでするな、と朱堂さんは言っているんだ。

「……ごめん、朱堂さん」

そう言って僕は、朱堂さんに頭をさげる。

僕の横では、同じようにユウ君とゲンキ君も頭をさげていた。

「……今度から、そういう危険なことをするときはきちんと準備をすること。わからないことがあったら、私もできる範囲で手伝ってあげるからさ」

僕達を注意していたときとはちがって、朱堂さんの声はすごくやさしかった。

もう二度と、こんなことはしない。

もう二度と、朱堂さんを――みんなを悲しませるようなことはしない。

そう僕は、心のなかで強く思う。

と、そのとき、とつぜんタブレットから『ピー』っていう音が鳴りひびいた。

僕だけじゃない。広場にいる全員のタブレットから、同じような音が鳴っている。
「さあ、これで第一ステージは終了だ。この時点で、目的地にいない子は脱落となるから気をつけてね！」

そして、広場の中央にいたミスターLが高らかにそう言った。

ちなみにそのミスターLの姿は、タブレットにも表示されているから、ここにいない子にも声は伝わっているはずだ。

「第一ステージ終了時点で通過者は44名！　すごいね！　ここまで残るだなんて思ってなかったよ！」

通過者が44名っていうことは、今回脱落したのは6名ってことになる。

そうして、サバイバルアドベンチャー、第一ステージが終わったんだ。

②

〈ノンストップ！命がけの川くだり〉

▶ 現在のリクの位置 ◀

「さて、それじゃあさっそく、次の目的地を表示させるよ」


第一ステージが終わったあと、ミスターLはつづけてそう言った。

タブレットの画面がこの島の地図にきりかわり、最初のときと同じように、赤い丸と制限時間が表示される。

次の目的地は、島の東はじに位置する場所だった。

いま僕達がいる山は、島の西よりにあるから、ここから目的地に行こうとすると、ちょうど島を横断するような形になる。

制限時間は6時間。

時間はけっこうあるけど、問題になりそうなのはその距離だ。

第一ステージのときとくらべても、次の目的地まではかなり遠い。

でも、その分時間もあるから、あまりいそがなくても次の目的地には行けそうだ。

それと、いつのまにか現在地もきちんと表示されているから、これがさっきみたいに消えないかぎりは、道に迷う心配もなさそうだった。

「はっはぁ！　こうしちゃいられねえ。すぐさま次の目的地に行くとしようぜ！」

すると、地図を確認し終えたゲンキ君が、僕達にむかってそんなことを言った。

その声を聞いて、他の選手も顔をあげる。

「ちょっと待った！　出発する前に、いちどこっちを見てもらっていいかな？」

選手が顔をあげたタイミングで、今度はミスターＬの声が広場中にひびきわたる。

そして、広場にいた選手がミスターＬのほうを見ると、ミスターＬがなにかの合図をするようにパチンと指を鳴らした。

それと同時に、布をかぶせた大きななにかが、スタッフによって運びこまれてくる。

その運びこまれてきたなにかがひととおりそろったところで、上にかぶせられていた布がとりはらわれた。

「わぁ……」

そこにあらわれたものを見て、おもわずそんな声が僕の口からもれる。

スタッフが運びこんできたのは大きな棚だった。

そして、その棚には、ありとあらゆるものがならべられていた。

お菓子やカップラーメンといった食べ物や、リュックやテントなどといった野外装備。

他にもマウンテンバイクやゴムボート、はては電気で動く車イスのようなのり物も、そこには準備してあった。

「さあ！　第一ステージ通過者へのごほうびだ。ここにあるものだったら、なんでも好きなだけ持っていっていいよ。くりかえしになるけど『どんなものを使ってもいいし、どんなルートを通ってもいい』からね。それじゃあ、第二ステージスタートだ！」

そう言われはしたものの、僕達はすぐには動けなかった。

なんでも持っていっていいと言われても、それが本当のことだとは思わなかったからだ。

10秒たって、20秒たって、ようやく一人の女の子が棚のほうへと近づいていく。

近づいていったのはカレンさんだった。

「では、わたくしはこれを」

そう言って、カレンさんが小さめのリュックを手にとった瞬間、他の子達がいっせいに棚のほうへとむらがっていった。

「俺も、負けてらんね――っぐぉ！」

ゲンキ君も棚のほうに行こうとしたけれど、その前に朱堂さんに服をつかまれてしまう。

「ちょっと待って、その前になに持ってくるのか、きめてるの？」

「ん？　まあ、最初にジュースに、お菓子だろ？　それから、カップラーメンに……」

「リュックの大きさは？」

「一番でけーやつ」

そうゲンキ君が言うと、朱堂さんはあきれたようにため息をついた。

「別に山ごもりするわけじゃないんだから、そんな大きいのいらないでしょ。とりあえず、あんた達三人はちゃんとした服に着替えてきて。そのあいだに、こっちはこっちで準備を進めておくからさ」

あんた達三人とは、僕、ゲンキ君、ユウ君のことだ。

というか、まわりを見てみて気づいたけど、僕達ほどボロボロな子は他にだれもいない。

まあ、僕達はほとんどはいあがるようにしてあの坂道を登ってきたんだから、ボロボロになるのはしかたがない。

「了解したぜ！　まずは着替えてくりゃいいんだな」

と言って、ゲンキ君はその場で服をぬぎ、パンツ一丁になった状態で棚のほうへとつっこんでいった。

「あのバカ、ここでぬぐやつがあるかよ……」

なんてことをツバサ君がつぶやいていたけど、声自体は思いのほか楽しそうだ。

とりあえず、荷物のことはあとまわしにして、着替えを見つけるために僕はゲンキ君のことを追いかける。

ゲンキ君は、棚にならべられたものを見て、なにやら興奮しているようだった。

「おい、見ろよリク。最新のゲーム機もあるぞ！」

「いや、ゲンキ君。そういうのより着替えをさがしてよ……」

そう言いながら、僕は棚にならべられたものをもういちど見てみる。

近くで見てみると、本当にたくさんのものが準備されていた。

水や食料といったものはもちろん、ゲンキ君が言ったように、ゲーム機やスピーカーとかも用意されている。

もちろん、僕だってもらえるものならもらっておきたいけど、じゃまになったらもとも子もない。

「おお！　花火があるぜ、花火！　これぐらいだったら持ってってもいいんじゃねえか？」

「……だから、まじめにさがしてよね」

「ちぇっ、なんだよ。夜になったらみんなで遊ぼうと思ったのによ」

くちびるをとがらせながら、ゲンキ君が手にとった花火を棚のほうにもどそうとしたとき、僕達の横からカレンさんが話しかけてきた。

「あら、でしたらその花火、わたくしにゆずっていただけませんか」

「ん？　ああ、いいぜ！　好きなだけ持っていけ！」

「ありがとうございます。なるべくたくさんあったほうが助かりますので」

カレンさんは、最初に準備を始めただけあって、すぐにでも出発できるような状態だった。

背中に背負った小さなリュックが、体にぴたりとくっついている。

本当に必要最低限のものだけを準備したような、そういう感じだ。

そしてカレンさんは、大量の花火をてきとうな袋につめ、その場から去っていく。

パッと見ただけでも、背中に背負った荷物より、いま持っていった花火のほうが多い。

いったいどうしてあんなものを持っていくんだろう？　と思ったところで、ユウ君に肩をたたかれた。

「ねえ、リク君。あっちに、着替えあったよ……」

「あ、うん。ありがとう」

気になることはあったけど、それはひとまず置いておく。

そして僕達はいそいで着替えを終わらせて、朱堂さん達のところにもどっていった。

*

「あ、おかえり。大体の準備はできてるよ」

僕達が着替えを終わらせてもどると、朱堂さんにそんなことを言われた。

「早っ！」

「とりあえず、これがリクとユウので、これがゲンキのね」

と言われてわたされたリュックは、カレンさんのほどではないにしろ、かなり小さめのものだった。

手に持ってみるとけっこうズシリとくるけど、背負ってみるとそうでもない。

たしかにこれぐらいの重さと大きさだったら、移動のときのじゃまにはならないだろう。

「あれ？　朱堂さんとゲンキ君のだけ、他のより大きくない？」

リュックを背負ったあと、僕はふと気になったことを聞いてみた。

朱堂さんもゲンキ君も、けっこう大きめの身長と体格だから違和感はないけど、あきらかに二人のリュックだけ大きさがちがうのがわかる。

「ああ、私とゲンキのにはテントもいっしょにはいってるからね」

「それって、必要なのかな？」

「夜どおし歩かされるんだったらいらないけど。万が一ってこともあるからさ」

ちなみに、この時点で第二ステージが始まってからまだ10分ほどしかたっていないけど、すでに10人近い選手がここを出発している。

カレンさんのように、早めに準備をすませて出発する選手や、逆になんの荷物も持たないで出発した選手もいた。

広場を見てみても、まだ出発の準備をしている子は多いから、僕達の場合はけっこう早いと言っていいだろう。

「それじゃ、さっそく出発するよ。ついてきて」

そして、僕達は朱堂さんを先頭にして、広場から出発をする。

僕、ユウ君、ゲンキ君の三人はもちろん、ツバサ君、ケンイチロウ君、ソウタ君、ヒナさんもそれにつづく。

みんなと合流したおかげで、一気に8人の大所帯となった。

広場からは3つの道がのびていて、そのうち東につづく道が一番目的地には近いんだけど、朱堂さんはいっさいタブレットを確認せず、ひとつの道にはいっていった。

「朱堂さん、タブレットを確認しなくていいの？」

「だいじょうぶ。こっちの道は私が通ってきた道だから」

「あ、そうなんだ」

と言いつつ、僕は歩きながらタブレットを確認する。

朱堂さんの言ったとおり、僕達がいま歩いているのは東へと進む道だった。

「ちなみに、ここからすぐに『度胸だめしの橋』っていうのがあるから、気をつけてね」

「度胸だめしの橋？」

「ちょっと行ったところに『龍殺しの急流』ってのがあって、そこをわたるために橋を使わなくちゃいけないの」

「度胸だめしの橋なんざ、ずいぶんと物々しい名前だな……」

朱堂さんの話を聞いて、つぶやいたのはツバサ君だ。

「そういえば、ツバサ君はどっちの道からきたの？」

「俺がきたのは西側の道からだ。リク達は南側の道からだよな？」

「うん、そうだね。ケンイチロウ君達も南側の道からだから、こっちの道は朱堂さんしか通ってないのかな？」

「少なくとも、俺達のなかではそうなんじゃねえのか？」

なんてことを話しているうちに、ゴオオオっていう音がかすかに聞こえてきた。

そしてその音は、歩いているうちに大きくなっていく。

「なんだこの音は？　滝か？」

「いや、だからさっき言ったでしょ……」

朱堂さんがそう言った直後、僕達の目の前に大きな川があらわれた。

川の幅は20メートルぐらいだったけれど、流れがかなり速い。

岩がいたるところにあって、それにぶつかる水の音が、あたり一面にひびきわたっている。

「うっはぁ、こいつはすげえな！」

川の音に負けじと、ゲンキ君がさけぶ。

だけどその声も、かんたんにかき消されてしまうほどの音だ。

「なるほど、この川をわたるのは、けっこうな度胸がいるな……それで、その度胸だめしの橋ってのはどこにあるんだ」

「ああ、アレだよアレ」

と、朱堂さんが指さした先には、たしかに橋らしきものがあった。

ただ、あんまり大きな橋じゃない。

川からつきでた岩のあいだにはしごをかけていって、その上に板をのせただけのかんたんな橋だ。

もちろん、手すりなんてものはない。

あんまり高い場所にはないから、落ちて死ぬってことはないだろうけど、そのまま流されてしまったらひとたまりもない。

「つーか、橋の上にあの女がいるじゃねえか」

そのとき、ツバサ君が橋のほうを見ながらそんなことを言った。

ツバサ君が言ったあの女、とはカレンさんのことだ。

カレンさんは大きなボトルにはいったなにかを橋の上にたらしながら、ゆっくりとむこう岸にわたろうとしている。

そしてゲンキ君から受けとった花火は、袋ごと橋の中央に置かれたままだった。

「あれは、いったいなにをしてるんだ？」

ケンイチロウ君がツバサ君に聞くと、ツバサ君は「知るかよ」とばっさり切り捨てた。

僕もカレンさんがなにをしてるのかはわからないけど、これだけは言える。

ぜったいに、ろくなことにはならないだろう。

「橋の上にたらしてるのは……水……じゃないな、なんだ？」

「うーん、なんだか、テカテカしてるね……油とか？」

そうヒナさんが言ったとき、僕達のあいだに緊張が走った。


油!?


そんなものをまかれたら、橋の上がすべってわたれなくなるじゃないか。

「おいおまえ！　なにしてんだよ！」

カレンさんが橋をわたり終えたところで、ソウタ君がむこう岸にいるカレンさんにさけんだ。

川の音が大きいから、聞こえたかどうかはわからないけど、それでもカレンさんは僕達の存在には気がついたらしい。

そしてカレンさんは、僕達のほうを見たあとで、にたり、と笑った。
その笑みを見たとき、僕はちがう、と思った。
カレンさんが『橋の上をすべってわたれなくする』だけで、終わらせるとは思えない。
そして、その予感はあたった。
カレンさんは僕達のほうを見たあとで、ポケットからマッチをとりだした。
そして、それをこすって火をつけてから、油をたらした橋の上に投げ捨てる。
瞬間、**ぼうっ**、という音がして橋全体に火がひろがった。
それだけじゃない。
橋に火がつくと同時に、橋の中央にあった袋が燃える。
その袋のなかには、ゲンキ君から受けとった大量の花火がはいっている。
「――っふせて！」
そう、僕がさけんだ直後だった。

ぼんっ

と、花火が爆発した。

音というよりは巨大な空気の振動が、衝撃波のように僕の体をつらぬいた。

頭のなかが真っ白になる。

爆発なんて、テレビのなかでしか僕は見たことがない。

それがいま、目の前で起こった。

そして、橋がなくなった。

いや、正確にはかろうじて残っている部分もあったけど、中央の部分はごっそりとなくなっている。

これじゃあ、途中までは行けたとしても、むこう岸までわたることはできない。

それに加えて、むこう岸にいたカレンさんも、いつのまにかいなくなっていた。

「まいったね、これは……」

橋がなくなったのを見て、さすがの朱堂さんも苦笑いをうかべている。

「他に、道はないのかな？」

「川ぞいをくだるってことはできるだろうけど、ちゃんとした道があるわけじゃないから、時間はかかるだろうね」

道なき道をつき進む大変さは、僕もさっき体験したばかりだ。

あのときとちがって、今回は朱堂さんがいるから、命がけってことにはならないだろうけど、それでも大変なことには変わりない。

「つーかこれ、ルール違反じゃねえのかよ！」

僕達がそんなことを話していると、しびれをきらしたようにソウタ君が言った。

「橋を爆発させるって、妨害のレベルこえてるぞ！」

「だとしても、失格にはならないでしょうね。『どんなものを使ってもいい』ってミスターLも言ってるわけだし」

たしかにミスターLは、今回の大会で何回もそういうことを言っている。

さすがに、あの爆発に直接僕達がまきこまれていたら失格になってたかもしれないけど、あの爆発によって僕達にケガはない。

そういう状態で、ミスターLがカレンさんを失格にするとは、僕には思えなかった。

「だったらあれか？　ヘリコプターがあったら、それを使って目的地に行ってもいいってことか？　あーあ、こんなことになるなら、ジェット機でも準備してくるんだったぜ」

そう言いながらソウタ君は近くの木の枝をひろって、川のほうに投げた。

木の枝は流れる水の上にのって、ものすごい速さで流されていく。

「――っ」

その木の枝を見たとき、僕の頭のなかにある考えが思いうかんだ。

「ま、現実的に考えるなら、あっちにロープをわたして、それを伝っていくってやり方かな？」

「どうやってロープをわたすんだ？」

「だれかの体にロープを結んで、むりやり川をわたるしかないだろうね。実際にやるとしたら、私かゲンキがやることにはなるだろうけど」

「俺はいつでもだいじょうぶだぜ！」

「あの、ちょっといいかな」

朱堂さん達が話しあっている横で、僕は静かに手をあげる。

「どうしたのリク、他にいい考えでもうかんだ？」

「あ、えっと……ミスターLが用意してくれたもののなかに、ゴムボートってあったよね。あれって使えないかな？」

「ゴムボートを使ってわたるってこと？　たしかにできないことはないだろうけど、このぐらい流れが速いと、わたるのはむずかしいんじゃないかな？」

「いや、そうじゃなくてさ」

煮えきらない僕の態度に、朱堂さんが首を横にかしげる。

僕はいちど、のどの奥にぐっと力をいれ、その言葉のつづきを言った。

「そのゴムボートで、この川をくだれないかなって」

そのとき、みんなの視線が僕に集中した。

僕としても、とんでもないことを言ったっていう自覚はある。

けれど、もしこれができるんだったら、きっと歩いていくよりも早く山をくだることができる。

そしてなにより——楽しそうだ。

「いいねぇ！　リク！　それ最高じゃねえか！」

僕の考えを聞いて、ゲンキ君がうれしそうな声をあげる。

だけどゲンキ君の横にいたツバサ君は、どこか苦々しい表情をうかべていた。

「おまえら、さっき朱堂に言われたこと、もう忘れたのかよ……」

その言葉に、ゲンキ君の表情が固まる。

たしかに僕達はついさっき、朱堂さんに無理をするなと言われたばかりだ。

そのなかで僕達は、顔色をうかがうように朱堂さんのほうを見た。

「……別に、私だって、ちゃんとした準備をしてれば文句は言わないよ」

朱堂さんはどこか気まずそうな表情をうかべながら、そんなことを言った。

「ちゃんとした準備っていっても、なにをどうすりゃいいんだ？」

と、ゲンキ君が聞くと、朱堂さんはこめかみに指をあてて、なにかを考えはじめた。

「必要なのはとりあえず３つ。ひとつ目は準備品。まあこれは頂上にもどれば問題はないかな。２つ目に知識。ボートのこぎ方とか、川に落ちたときのこととかをぜんぶ覚えてもらうよ。最後に地形。もし途中に滝があったら、その時点でアウトだからそれだけは事前に知っておきたい」

正直、僕がボートで川をくだろうって言ったのは、単なる思いつきだったんだけど、こうして説明されるとかなり現実味を帯びてくる。

「そういうのをぜんぶひっくるめると、準備に30分以上はかかるかな。それがいやなら、最初に言ったみたいに、この川にロープをはるっていう方法もあるけど……どうする？」

そう言って、朱堂さんは僕達のほうを見た。

もちろん、というわけじゃないけど、僕とゲンキ君はこの川くだり作戦については賛成だ。

でも、他の5人――ツバサ君、ユウ君、ケンイチロウ君、ソウタ君、ヒナさん――がどう思ってるのかはわからない。

それを確認するように、僕はみんなのほうをむいた。

もし、暗い顔をしているんなら行きたくないっていうのがわかるけど、逆に明るい顔をしているんだったら賛成してくれているってことだ。

そのなかでみんなは――笑っていた。

満面の笑み、というよりは笑顔になるのをこらえている、というほうが表情としては近い。

もちろん、不安はあるはずだ。

いいだしっぺの僕自身、不安に思ってるんだからまちがいない。

でも、それ以上にわくわくしている。

そのわくわくがこらえきれなくなって、みんなのほおがあがっている。

「はっはぁ！　その顔じゃあ聞くまでもねえな」

ゲンキ君の言葉に、みんなは自分が笑っていることに気づいたようだった。

「それじゃあ朱堂。さっそくなにをすりゃいいのか教えてくれ。装備だろうが知識だろうが、一発で頭にたたきこんでやるからよ」

そうして僕達は、ボートを使った川くだりに挑戦することになったんだ。

＊

それからまず僕達は、頂上にもどって装備をととのえなおした。

ゴムボートはもちろん、人数分のオールと、救助用のロープ。そしてヘルメットや救命胴衣を身につけ、服装や靴を水に落ちてもだいじょうぶなものにする。

装備をととのえたあとは、朱堂さんから川くだりについての知識を教わった。

ボートのこぎ方や、水に落ちたときにとる体勢。他にも波の種類や、水の流れについてをいろいろと教わる。

最後に、あの川全体の地形のことだけど、それはミスターLに直接聞いた。

滝になっているところはあるか？

細くなっているところはあるか？

水の流れが速いところはあるか？

そういうのをぜんぶミスターLに質問する。

それを聞いたとき、ミスターLはきょとんとしたけれど、僕達がなにをしようとしているのかを知ってからは、笑ってそのぜんぶを教えてくれた。

ちなみにこのとき、カレンさんの手によって橋がこわされたことも伝えたけど、それについてやっぱりカレンさんが失格になるっていうことはなかった。

そして、これは少し予想外だったけれど、橋がこわされたということで、次の目的地に行くことをあきらめた子もおおぜいいた。

だけど、それを気にするよゆうはいまの僕達にはない。

このときすでに、第二ステージが始まってから、1時間近くが経過している。

残りは5時間。

そして僕達はいま、あの川のはしにボートをうかべているところだった。

「それにしても、リク君ってすごいこと思いつくよね」

ボートの上にリュックやロープをのせている最中、ユウ君にそんなことを言われた。

水の音のせいで、正直ユウ君の声は聞こえづらいんだけど、それでもがんばれば、なにを言っているのかはわかる。

「僕より朱堂さんのほうがすごいと思うけどね。ていうか朱堂さんがいなかったら、こんなちゃんとした準備もしてなかっただろうし」

「いいじゃない、たりないところを助けあうのって……友達っぽくてさ」

友達、とユウ君が言ったとき、耳の奥がひやりと冷たくなった。

「……？」

はねた水でも、はいったのかな？　と僕は耳を押さえながら思う。

「どうしたの、リク君」

「あ、いやごめん。なんでもないよ」

ユウ君にそう言いながら、僕はさっそくボートにのりこんだ。

基本的にこのボートには左右に一人ずつ座ることになる。

右側には、ゲンキ君、ソウタ君、ケンイチロウ君の三人が座り、左側には、ツバサ君、ユウ君、ヒナさん、僕の４人が座る。

そして最後尾に朱堂さんが座って、かじとりの役目をこなす。

ボートにのって、オールを手にして、準備は完ぺきだ。

「それじゃあ、行くよ！」

全員の準備ができたタイミングで、朱堂さんがオールでこん、と岸をつく。

その瞬間、ボートがゆっくりと前へ進みだした。

川といっても、その流れの速さは場所によってちがう。

僕達は、なるべく流れのゆっくりしたところでボートにのったけど、いよいよボートは、川の本流にのろうとしていた。

みょうな緊張が、足の裏からかけのぼってくる。

そしてボートが流れにのった。

どんどんと速度が増していく。

もう逃げることはできない。

さわればそのまま飲みこまれてしまいそうな激流が、目の前にひろがっている。

ちょっと横を見るだけで、景色がどんどんと変わっていく。

思ったよりも、速い。

さすがに車ほどの速さはないけど、ふつうに歩くよりはぜったいに速い。

ちなみにこのとき、僕達はまだオールをこいでいなかった。

水の流れにまかせて、ただ流れているだけの状態なのに、こんなにも速い。

これが、自転車とかだったらブレーキをかければいいんだろうけど、このボートにそんなものはない。

いちおう、持っているオールを水のなかにつき立てればブレーキの代わりになるけど、基本的にそれはするな、と朱堂さんに言われている。

変にだれかがブレーキをかけてしまうと、ボートがまわってしまうからだ。

ボートがまわってしまえば、制御がきかなくなってしまう。

だから、ブレーキはかけない。

じゃあ、水の流れにただまかせるだけなのか、というとそれも少しちがう。

ちょうどそのとき、僕達の右前方に大きな岩があらわれた。

このままなにもしなければ、ボートがその岩にぶつかってしまう。

さあきたぞ、と僕は大きく息を吸いこんだ。

そして――

「右！」

と、朱堂さんがさけぶ。

その合図と同時に、ボートの右側に座っているゲンキ君達三人が、オールを使ってこぎはじめた。

そうすると、ボートの右側だけが前に進んで、ボートが左をむく。

だけど、いましたのはボートのむきを変えただけだから、このままだとボートの横っ腹が岩にぶつかることになる。

そこで、朱堂さんは「前！」と次の合図をだした。

それにあわせて、左側に座っていた僕達４人もいっせいにこぎはじめる。

そうして初めて、ボートは左にまがった。

これが、基本的なボートのこぎ方だ。

右に障害物があるときは右に座っている人がこいで、左に障害物があるときは左に座っている人がこぐ。

そして、前に進みたいときは全員でこぐ。

言葉にすると単純だけど、実際にやってみるとそんなにかんたんなことじゃない。

水の流れが速いせいで、オールをこぐこと自体がむずかしいし、目まぐるしく景色が変わるから、どこになにがあるかっていうのもよくわからない。

たとえば左にまがった先にもうひとつ岩があったら、今度は左側に座っている僕達が全力でオールをこぎつづけないといけない。

かと思えば、まがったその先にまた岩があったり、ちょっとした落差があったりするともう大変だ。

1秒たりとも気がぬけない瞬間が、次から次へと押しよせてくる。

それでもなんとかここまで無事にこられているのは、朱堂さんのおかげだ。

朱堂さんがそのつど的確な指示をしてくれるし、ボートがまがりすぎたときとか、ほんの少しどちらかによっているときには、素早く調整をしてくれる。

ちょっとだけうしろをふりむくと、朱堂さんの動きが目にはいった。

右側にかまえてあったオールが、頭上でくるりとひるがえり、反対側の水面へとつき立てられる。

その動きひとつだけでも、息をのむほどにカッコいい。

そうして僕達はどんどん川をくだっていく。

楽しいな、と僕は思う。

もちろん、楽しそうだから川くだりをしようと思ったんだけど、想像以上にこれは楽しい。

単純に川をくだるってだけでも楽しいし、みんなでボートをこぐっていうのも楽しい。

そのとき、だんだんと川の流れがおだやかになってきた。

「なんだぁ？　もう終わりか」

それを見て、ゲンキ君が笑いながら一息つく。

まだ遊びたりないっていうのが、その声のひびきからも伝わってきた。

「終わったっていうよりは、山場をこえた感じかな？　まあ、ひとまずおつかれさまってことで」

そう言いながら、朱堂さんが僕達の頭上にオールをかかげた。

そして、僕達はオールを頭の上でかちあわせる。

がちん、という音がして、その衝撃が体の芯をつらぬいた。

もちろん、これで終わりじゃない。

ひとつの山場はこえたかもしれないけど、目指すゴールはまだまだ先だ。

「――っと、そう言ってるうちに、次がきたようだな」

ケンイチロウ君の言葉を聞いて、僕達は前をむきなおす。

前方にはさっきと同じような岩がたくさんあって、そのあいだをぬうように水が流れている。

そこをどうやって行くのかは朱堂さんの判断によるんだけど、朱堂さんは前をむいた状態で固まっていた。

そうこうしているうちに、ボートはどんどん流されていく。

そして朱堂さんは、なにか覚悟をきめたように、ふう、とするどく息をはいた。

「みんな！　全力でこいで！」

その指示を聞いて、僕達は一瞬止まってしまった。

「全力でこぐって、岩にぶつかったらどうするんだよ？」

「多少ぶつかってもいいから、それよりもスピードあげて！　そうしないと、あそこはぬけられない！」

せっぱつまった朱堂さんの声に、僕達は全力でこぎはじめる。

こぎながら、前方に見える岩場の様子をもういちど確認してみた。

なんとなくだけど、その岩場は全体的に白く見える。

それは、岩自体が白いんじゃなくて、岩にあたった水が泡をだしているからだ。

そこで僕は、ようやく朱堂さんの指示の意味がわかった気がした。

水が上から下に流れるだけだったら、こんな波は立たない。

白い波が多いってことは、それほど流れが複雑だってことだ。

右からくる波と左からくる波がぶつかったり、あるいは川の底にしずむような水の流れがいたるところにできていたりする。

そういう場所にはまってしまったら、ぬけだすのはむずかしい。

それどころか、転覆する可能性だってゼロじゃない。

だから朱堂さんはスピードをあげて、一気にその岩場をぬけようとしたんだ。

そして、僕達は岩場に飛びこんだ。

はげしくボートがゆれる。

それでも僕達は、がむしゃらにオールをこぎつづけた。

前に。
ただ前に。
途中、岩がボートにこすれそうになるけど、そんなのは気にしていられない。
それに僕達が前にこぎつづけていても、朱堂さんがかじをとってくれている。
だから僕はそれを信じる。
と、急にオールが軽くなった。
こごうとしても、ボートの下に水がない。
ふわっ、と体がうきあがる。
滝!? と、僕は思った。
けれど、それは滝というよりは大きな落差だった。
高さとしては、2メートルか3メートルか、そのぐらいはある。
落ちたとしても死ぬような高さではない。
「つかまって!」
そのなかで、朱堂さんの声がひびく。

とっさに僕は、ボートのへりについているロープをにぎった。

ざぶん、という音がしてボートが水の上に落ちる。

同時に、まきあげられた大量の水が、頭の上から降ってきた。

全身がずぶぬれになる。

けど、そんなのはいまさらだ。

心臓がまだバクバク鳴っているけど、難所はこえた。

これからもこの調子で、川をくだっていけば――

そう思ったとき、僕の前に座っているヒナさんの体がぐらりとゆれた。

このとき僕は、オールを水面につけていなかったけれど、ヒナさんのオールは水のなかにはいっていた。

しかもそれは、両手でしっかりにぎってるわけじゃなくて、片手でにぎった状態でだ。

そんなことをしていたら、オールが水の力で流されてしまう。

本当だったら、オールをはなしてしまえばそれでよかった。

朱堂さんが、ボートのこぎ方を教えてくれているときも、いざとなったらオールははなしてもいいと言っていた。
けれど、ヒナさんはオールをはなそうとしなかった。
とつぜんのことだから、頭がパニックになっているんだ。
このままだと、ヒナさんがボートから落ちてしまう。
だから僕は、ヒナさんの体を支えようとした。
ヒナさんの肩をつかんで、ボートのなかへともどそうとする。
その瞬間、もういちど体がふわりとういた。
さっきのような落差があったわけじゃない。
ただ、水の流れがぶつかりあったタイミングで、ほんの少しボートがういただけだ。
だけどそれは、僕にとっては最悪のタイミングだった。
ふんばりがきかない。
体が宙にうく。

「リク！」

という声が聞こえたときには、僕は水のなかに落ちていた。

ずん、という音がして、水が耳のなかにはいりこんでくる。

水面から顔をだしたときには、すでにボートははるか前方へと流されてしまっていた。

冷たい、速い、まずい。

頭のなかがパニックになる。

パニックになった頭にむかって、僕はおちつけ！　とさけんだ。

ボートにのる前、朱堂さんから言われたことを思いだす。

もし川に落ちたら、どうすればいいか？

一番ダメなのは、立ちあがろうとすることだ、と朱堂さんは言った。

立ちあがろうとして、川の底に足や靴が引っかかったら、その時点で僕は死ぬ。

だから僕は、すぐさま水のなかであおむけになって、つま先を水面からだした。

それから、足の裏を下流にむけて、水の流れに身をまかせる。

救命胴衣をつけているから、そのましずむっていうことはない。

あとは？　と僕は思う。

なにもできない。

もし川に落ちたら、このラッコのような姿勢をとるしかない。

泳ぎのうまいへたは関係がない。

この急流のなかを服を着たまま泳ぐっていうのは、泳ぎのプロだとしてもむずかしい。

だから、あとは助けてもらうのを待つしかない。

さいわい、下流のほうにはさっきみたいな岩場は見あたらなかった。

「リク！」

そのとき、下流のほうからゲンキ君の声が聞こえてきた。

見ると、川のはしにボートが止められていて、その近くにゲンキ君達が立っていた。

そして、ゲンキ君の手には、長いロープがついているうきがにぎられていた。

「つかまれ！」

という声とともに、そのうきが僕のほうに投げこまれてくる。

うきは僕よりも少し上流に落ちたけれど、すぐさま僕の手の届く場所まで流れてきてくれた。

僕はあおむけの状態のまま手をのばし、うきについているロープをつかむ。

そのあとで、首のうしろにロープを通し、胸の前でしっかりとにぎった。

そうこうしているうちに、ゲンキ君達がいる場所を通り過ぎたけれど、無理して岸のほうに行こうとはしない。

そのまま僕は下流のほうへと流されていくけれど、ロープがあるおかげでそれ以上遠くへ流されはしない。

すると、ゲンキ君達がいる位置を中心にした円を描くように、僕の体はゆっくりと岸のほうへと引きよせられていった。

そして、そこで待っていた朱堂さんとツバサ君の手によって、僕の体は岸の上へと引きあげられる。

「あ、ありが――」

引きあげられたあとで、みんなにお礼を言おうと思ったけど、その前に朱堂さんが僕の体を強くだきしめてきた。

「あの、朱堂さん？」

なんだか恥ずかしくなって、朱堂さんの体を押しもどそうとするけれど、朱堂さんは僕の体をはなそうとしなかった。

後頭部に手をまわして、体と体を密着させる。

やけどしそうなほどに、朱堂さんの体が熱く感じた。

でも、それはちがった。

朱堂さんの体が熱いんじゃなくて、僕の体が冷えきってるんだ。

「……生きててよかった」

僕の耳もとで、朱堂さんがささやく。

その声は、少しだけふるえているように僕には聞こえた。
死んでほしくない。
ちょっと前に、僕は朱堂さんにそう言われた。
もう朱堂さんを悲しませない。
そう強く思ったはずなのに、またこうして心配させてしまっている。
情けない気持ちでいっぱいになるけど、そんな僕の気持ちなんていまはどうでもいい。
それよりいまは、少しでも朱堂さんを安心させてあげるほうが先だ。
「ありがと、朱堂さん……みんなのおかげで、僕はちゃんとここにいるよ」
それを伝えるように、僕は朱堂さんのことをだきしめかえしてやる。
そうして僕の体温がもとにもどるまで、僕達はしばらくそうしていたんだ。

*

僕達がボートを止めたところは、ちょうど山をくだりきった場所だった。

そこから目的地である島の東まで、ずっとボートにのっていくこともできたんだけど、少し遠まわりになるということで、目的地までは歩いていくことになった。

そして僕達は、制限時間10分前に、無事目的地へと到着した。

時間帯としては、夕方ぐらいだ。

まだ完全に日はしずみきっていないけれど、まわりが少し暗くなってきている。

目的地を一言で言うなら、なんにもない、っていう感じだった。

東のほうには海が見えて、北のほうにはごつごつとした岩山が見える。そして南のほうには砂浜が見えるんだけど、いまいるこの場所は本当になにもない。

目的地には僕達をふくめて、20人ぐらいの選手が集まっていた。

「おやおや、みなさん。まにあってよかったですね」

目的地へと到着した直後、先に到着していたカレンさんが僕達に話しかけてきた。

カレンさんに話しかけられて、僕とゲンキ君をのぞいた全員が眉間にしわをよせる。

「わたくし、みなさんの姿が見えなくて心配していたんですよ。なにかあったのではないかと、本当にドキドキしておりました」

もちろん、僕達がここまでおくれたのはカレンさんが橋を燃やしたせいなんだけど、カレンさんがそれを気にしている様子はない。

というより、むしろ僕達にそのことを言われるのを心待ちにしている、といった感じだ。

正直、カレンさん相手にまっこうから文句を言っても、のらりくらりとかわされるだけなので、僕はあえてちがう切り口で攻めてみることにした。

「うん、実はそのことで、カレンさんにお礼を言いたかったんだ」

お礼、という言葉を聞いて、カレンさんの表情が少しだけ変わる。

「ありがとね。カレンさんのおかげで、僕達はすごく楽しい経験ができたからさ」

「へえ、それはどんな経験ですか？」

「教えてあげない」

と、僕が言うと、カレンさんは目をぱちくりとさせた。

「カレンさんには、ぜーったいに教えてあーげない」

まるで、いじわるをする幼稚園児のように僕はそう言ってやる。

カレンさんは橋を燃やされたあとで、僕達がどうやって山をおりてきたのかを知らない。

だからカレンさんは、どういう手段で僕達が山をおりたのかを知りたがるはずだ。救命胴衣とかゴムボートは、川岸に置いてきたから、僕達はいまふつうのリュックしか背負っていない。

ずぶぬれになった服も、歩いているうちにかわいたから、ヒントになるようなものはない。

だけど僕は、ぜったいにそれをカレンさんに教えてやるつもりはなかった。

しかえしにしてはなんだかしょぼいけど、僕からしたらそれぐらいがちょうどいい。

「……そうですか、それは残念です」

そのしかえしがきいたかどうかはわからないけど、カレンさんはそう言って僕達からはなれていった。

カレンさんが僕達からはなれていくと、とつぜん空から大きな音が聞こえてきた。

見あげてみると、空に一機のヘリコプターがとまっている。

そして、そのヘリから、だれか白い人が飛びおりてきた。

飛びおりてきたのは、もちろんミスターLだ。

ミスターLは空中でパラシュートをひらき、ちょうど目的地の中央におり立った。

と、同時にタブレットから制限時間の終了を知らせる『ピー』という音が鳴りひびく。

「さあ、第二ステージはこれで終了だ！　通過者はここにいる18名！　なんと選手の半分以上がここで脱落してしまったようだね。これは予想外だったなあ。まあ、ちょっとしたトラブルがあったから、しかたないのかもしれないけどさ」

ミスターLの言ったトラブル、とはもちろんカレンさんが橋を燃やしたことだろう。

よく見てみると、僕達以外の選手はみんな、カレンさんが橋を燃やす前に出発をしていた選手だった。

つまりあのあと、無事山をくだれたのは、僕達だけってことになる。

こうして、サバイバルアドベンチャー、第二ステージが終わったんだ。

3

〈星空の下でみんなの願いごと〉

▶ 現在のリクの位置 ◀

「よーし、準備はできたな。せーので押しこむぞ、せーので……せーのっ！」

サバイバルアドベンチャーの第二ステージが終わったあと、僕達はテントを立てていた。

「おいこらゲンキ、押しこみすぎだっつーの。バランスくずれてんじゃねーか！」

「おい、まだかおまえら！　こっちはもう限界だ！」

「ちょっと待って、ちょっと待って！　これぜったいどこかで引っかかってる！　ぜったいどこかで引っかかってるから！」

テントを立てるのなんてこれが初めてだから、大変なことになってるけど、別に遊んでいるわけじゃない。

――第二ステージが終わった直後、すぐさま第三ステージの目的地が表示された。

だけど僕はそれを見て、一瞬目を疑った。

第三ステージの目的地が、いまいる場所と変わらなかったからだ。

しかも制限時間は12時間とかなり長い。

どういうことかと首をかしげる僕達に、ミスターLは説明をしてくれた。

「さあ、第三ステージの目的地はここだよ！　いまから12時間後――ちょうど明日の朝になるんだけど――そのときまでにここへもどってくるなら、どこへ行ったってかまわない。ただ、水は用意するけど、食べ物とか寝る場所は用意しないからよろしくね」

つまり、第三ステージのテーマは『野営』ってことになる。

いちおう僕達は、食べ物もテントも山の上から持ってきたからだいじょうぶだけど、他の選手にとってはあまりうれしいことじゃないだろう。

第二ステージを通過した選手のなかには、ほとんど荷物を山の上から持ってきていない子もおおぜいいる。

というより、ゆっくりと準備をしていた選手は、カレンさんが橋を燃やしたせいで全員まにあわなかったのだ。

まあ、他の選手にとっては大変かもしれないけど、僕達からしたらこれはボーナスステージのようなものだ。

そういう事情があって、僕達はいまテントを立てているのである。

テントを立てているのはゲンキ君、ツバサ君、ケンイチロウ君、僕の4人で、ソウタ君、ユウ君、ヒナさんの三人は別の用事があってここからいなくなっている。

「……あんた達って、本当にテントを立てたことなかったんだね」

初めてのテントに悪戦苦闘する僕達を見て、朱堂さんは静かにつぶやく。

ちなみに、僕達がいま立てているのは男子用のテントで、女子用のテントは朱堂さんの手によってすでに立てられている。

「うるせえ！　そっちのテントのほうが小せえじゃねえか！」

「小さくたってつくり方はいっしょだよ。ほら、がんばった、がんばった」

必死で言いかえすツバサ君に対して、朱堂さんは笑顔で手拍子をする。

「おーい、朱堂、流木ってこんなもんでいいか……って、まだ立てられてねえのかよ」

すると、朱堂さんの指示で別の用事をすませてきたソウタ君達がもどってきた。

「あ、ありがとう。持ってきた流木はそこに置いておいて」

ソウタ君達が行ってたのは、ここから南のところにある砂浜だ。

そこで、今晩たき火をするためのまきをひろってこい、と言われていたのである。

たき火、と聞くとちょっとだけテンションがあがるけど、それよりも前に僕達はこのテントを立てなくちゃいけない。

「おーい、どうしたツバサ。手伝ってやろうかぁ？」

「だまってろソウタ！　テントにいれてやらねえぞ！」

なんてことを話しながら、僕達は作業を進めていく。

そうして、ぜんぶの作業が終わったころには、すでにあたりは完全に夜になっていた。

*

「全員にいきわたった？　それじゃ、いただきまーす」

「「「「「いただきまーす！」」」」」

作業がぜんぶ終わったあと、僕達はたき火を囲んで夜ご飯を食べはじめる。

夜ご飯といっても、袋のなかにお湯をいれただけでできる、かんたんなご飯だ。

そうはいったものの、この状況でお湯を手にいれるのはなかなか大変だ。

水はもらえるけど、それをお湯にするには火をつけないといけない。

そして、火をつけるためにはマッチかライターが必要になる。

マッチかライターがあったとしても、ちゃんとした知識がないと、まきに火をつけるのはむずかしい。

さらに、それで火をつけたとしても、今度は水をいれる容器も必要だ。

今回は、朱堂さんがそれらをぜんぶ準備してくれたから助かったけど、もし僕達だけだったらまともにご飯すら食べられなかっただろう。

「そういえば、リクに聞きたいことがあるんだけどいいか？」

ご飯を食べている最中、ケンイチロウ君が僕のほうを見て、そんなことを言ってきた。

「うん、なに？　ケンイチロウ君」

「いや、その、言いたくなかったら言わなくていいんだが……」

そう言ったとき、ケンイチロウ君は僕から目をそらした。

それからすぐ、なにかを決心したようにうなずき、もういちど僕のほうを見る。

いつになく真剣な表情をうかべるケンイチロウ君に、僕はごくりと息をのんだ。

「リクはどうして今回のラストサバイバルに参加してるんだ？」

「……え？」

その質問に僕は目をぱちくりとさせる。

質問の内容におどろいたんじゃなくて、どうしてそんな思いつめた感じでそれを聞いてきたのかがわからなかったからだ。

「いや、その……楽しそうだから？」

と、僕が言うと、今度はケンイチロウ君のほうが目をぱちくりとさせた。

いや、ケンイチロウ君だけじゃなくて、そのとなりにいたソウタ君もヒナさんも同じような表情をうかべている。

「あれ、僕なんか変なこと言った？」

「楽しそうだからって……なにかかなえたい願いがあるからじゃなくてか？」

そう言われて、僕は「あっ」と口をあけた。

基本的にこのラストサバイバルに参加する選手は、優勝してかなえたい願いがあるから参加している子が多い。

だから、僕やゲンキ君みたいに、楽しむために参加しているという選手はかなりの少数派なのだ。

「うーん……そうだね。最初のうちは妹を助けたいとか、お母さんを助けたいとか、そういう理由で参加してたけど、今回はそういうのはないかな？」

僕の言葉を聞いて、ケンイチロウ君達は完全に言葉を失っているようだった。

「あ、じゃあ、ケンイチロウ君達はどうしてラストサバイバルに参加してるの？」

いつまでもこんな空気でいるのはいやだったので、僕はあわてて話をふる。

「お、俺か？」

とつぜんのことにケンイチロウ君は少しあわてたようだったけど、すぐにまじめな顔に変わった。

「俺は、一言で言うと、知りあいの店を助けたいんだよ」

「店を助けるって……なんだ、このままだとつぶれるとかか？」

ツバサ君の問いかけに、ケンイチロウ君はうなずく。

「昔から、いろいろ世話になってる店なんだけどな、なにもしなかったら来年にはつぶれるらしいから、その前になんとかしてやりたいんだ」

思ったよりも真剣な話に、僕は正直おどろいた。

ただ、その一方でケンイチロウ君の意外な一面が見えたような気がした。

「なるほど、つまり俺といっしょで金がいるってわけだ」

みんなが静かになるなか、ツバサ君がそんなことを言う。

「ツバサの願いはなんなんだ？」

「俺のはもっとシンプルだよ。親の借金があるから、それを返してえってだけだ」

すずしい顔をしながら、ツバサ君はそう言った。

ここまではっきり言われてしまうと、僕達はなにも言うことができない。

「それじゃあ、ヒナはどうなんだ」

ツバサ君の願いを聞いたあとで、ケンイチロウ君はとなりにいたヒナさんのほうに話しかける。

「え？　な、なんで私？」

「この際、全員の願いを聞いてみたいと思っただけだ。もちろん、言いたくないなら言わなくてもいいけどな」

そうは言ったものの、すでに全員の視線がヒナさんのほうへ集まっていた。

ヒナさんはいまにも泣きだしそうな表情をうかべたけど、顔をふせてからぽつりぽつりと話しはじめる。

「ええと……私の家に、マリンっていう犬がいるんだけど、最近その子の元気がなくなってきたから、この大会で優勝してなんとかしてあげたいの」

「その、マリンは何歳なんだ？」

「私と同じ年に生まれて、ずっといっしょだったから、今年で12歳になるかな……」

僕は犬を飼ったことがないから、それがどのぐらいなのかわからないけど、かなり年をとっているっていうのはなんとなくわかった。

でも、もし寿命が近いんだとしても、生まれてからずっといっしょだったんなら、なんとか助けてあげたいっていうヒナさんの気持ちもわかる。

そんなことを考えていると、ケンイチロウ君のとなりで、ソウタ君が頭をかかえているのが目にはいった。

「いや、つーかさ……マジか、おまえら？」

そして、ソウタ君は顔をあげて、ヒナさんとケンイチロウ君のほうを見る。

最初のうちは、いったいなんのことを言っているのかわからなかったけど、すぐにそれはいま言った願いごとについてのことだとわかった。

「ふつう、願いごとっつったらよお、もっとこう……足が速くなりたいとか、頭がよくなりたいとか、そういうやつじゃねえの？」

「なんだ？　ソウタの願いごとはそういう感じなのか？」

と、ケンイチロウ君が聞くと、ソウタ君が固まった。

ここでなにも言いかえさないっていうことは、きっとそのとおりなんだろう。

「ああ、そうだよわりーかよ！　俺はおまえ達みてえに、そんなすげえ願いごとなんかねえよ！」

「あの……頭がよくなりたいんだったら、ふつうに勉強したほうが……」

「そんなこと、ヒナに言われなくてもわかってるっつーの。でも、それとこれとはまたちがうだろ！」

なんてことをソウタ君は言っていたけど、別に僕はソウタ君の願いごとが他の人よりも下だとは思わなかった。

そもそも、ラストサバイバルの参加を辞退しないだけで、ふざけて参加しているわけじゃないっていうのはわかる。

変わりたいっていうと、少し大げさかもしれないけど、たぶんソウタ君の願いはそういうことなんだろう。

「俺のことはもういいだろ！　じゃあ次はツバサ……はさっき言ったし、ゲンキ……は聞かなくてもわかるし、朱堂だな」

そこから逃げるように、ソウタ君はむりやり朱堂さんに話をふった。

「おいソウタ！　なんで俺を飛ばすんだよ！」

「ゲンキはどうせ、リクと同じで『楽しそうだから参加してる』とかそういうのだろ？」

「あまいぜ、ソウタ！　俺はこの大会をだれよりも楽しむために参加してるんだ！」

「だから同じだろ！」

「ん？　そう言われてみると同じだな」

そう言って、ゲンキ君はゲラゲラと声をあげて笑う。

くりかえすことになるけど、ゲンキ君がこの大会に参加する理由は最初からずっと変わっていない。

「それで、けっきょくどうして朱堂はこの大会に参加してるんだ？」

と、ゲンキ君の笑っている横で、ツバサ君が朱堂さんに話をもどした。

朱堂さんがこの大会に参加している理由は、実は僕も興味があった。

もともと朱堂さんは『お母さんを助けたい』っていう理由でこの大会に参加していたんだけど、その願いはすでにかなえられている。

だから、お母さんが助かったあとで朱堂さんが大会に参加している理由は、僕も知らないのだ。

「ん？　リクが参加してるからだけど？」

そんななか、朱堂さんはさらりとそう言った。

朱堂さんの言葉にまわりが一瞬にして、しん、と静まりかえる。

「……すまん、朱堂。いまなんつった？」

「だから、リクがいるから、私もこの大会に参加してるの」

「じゃあ、もしリクが参加してなかったら？」

「もしゲンキとかツバサが参加するとしても、リクがいなかったら、私は参加しないよ」

さもとうぜんのことのように、朱堂さんは言った。

その言葉を聞いて、自然にみんなの視線が、僕のほうに集まってくる。

「いや、ちょっと待って、ちょっと待って、なにこの空気？　知らないよ？　僕そんなの初めて聞いたからね！」

「安心しろリク。俺は二人のことを応援するぞ！」

「ケンイチロウ君、ちょっとだまっててくれない？　朱堂さん、もうちょっとくわしく説明して！」

僕のあわてぶりを見て、朱堂さんがくすくすと笑っていた。

「いやー、ごめんごめん。でも、別にうそは言ってないよ」

ひとしきり笑ったあとで、ようやく朱堂さんがそう言った。

そして、朱堂さんはみんなにほほえみかけるような表情をうかべる。

「……私ってさ、リクにお母さんを助けてもらってるんだよね」

その言葉を聞いて、ケンイチロウ君達がおどろいたように目を見ひらいた。

一方、ゲンキ君とツバサ君は『ああ、そういうことか』というようにうなずいている。

実は僕は、最初に参加したラストサバイバルで優勝したとき『朱堂さんのお母さんを助けてほしい』っていうお願いをしているのだ。

だから、朱堂さんはその恩がえしをするために、この大会に参加してるってことになる。

「朱堂さん、でもそれは……」

「ああ、ごめんごめん。リクは気にしないで。もともと私が好きでやってるだけだし、無理してるとかそういうわけじゃないからさ」

そして朱堂さんは、にこり、と笑う。

なにも言わせないような、太陽のような笑みだ。

まあ、理由はなんにせよ、朱堂さんがいるおかげでかなり助かっているので、僕としては本当にありがたい。

「なんだよ、あせったぜ。俺はてっきり朱堂はリクのことが――」

「やめろゲンキ、これ以上話をややこしくするんじゃねえ！」

ゲンキ君の言葉を聞いて、顔がカッと熱くなる。

もちろん、朱堂さんがラストサバイバルに参加している理由はいま言ったとおりで、それ以上のことはなにもないはずだ。

とりあえず、これでユウ君以外の全員が、この大会に参加した理由を言ったことになる。

だから最後に、ユウ君の願いごとを聞けば、この話は終わる。

そう思いながら、僕は逃げるようにユウ君のほうをむいた。

その瞬間、熱くなった顔が急に冷えていくのがわかった。

僕の視線の先で、ユウ君があの笑みをうかべていたからだ。

幽霊にとりつかれたような笑み。

人形にはりつけたような笑み。

見ているこちらの魂をぬくような笑みが、ユウ君の顔にうかんでいた。

「ユ、ユウ君の願いごとって、なんなの？」

「……ん、僕？」

勇気をふりしぼって、僕がそう聞くと、ユウ君の笑顔が少しやわらかいものに変わった。

それでも、みょうな不気味さがそこには残っている。

ゲンキ君をふくめた男グループは特に気にしていないようだったけれど、朱堂さんとヒナさんの二人は、ユウ君の様子が少しおかしいことに気がついたようだった。

「僕の願いごとは、そうだなぁ……」

そう言いながらユウ君は、目をつむった状態で、こてん、と首を横にたおす。

お酒をのんでるわけじゃないんだろうけど、なんだか酔っぱらっているみたいだ。

「この瞬間が、ずっとつづいたらいいなぁ」

そして、ユウ君は首を横にたおした状態のまま、一言一言をかみしめるように言った。

その言葉を聞いて、僕はおもわずうなずきそうになる。

正直、ラストサバイバルにでているっていうことを忘れそうになるぐらい、いまのこの状況は楽しい。

山を登って、川くだりをして、テントを立てて、ご飯を食べる。だから、それがずっとつづけばいいなっていう思いは、僕のなかにもたしかにあるのだ。

「それってなんかちがわねえか？」

だけど、それを聞いていたツバサ君が首を横にかしげる。

「いま俺達が話してたのは、優勝

したらどうしたいかってことだろ？　それで、いまユウが言ったのは、願いごとっつーよりは、希望っつーか、願望っつーか……」

「いいじゃねえかよ、細けえことは気にすんなって」

と言いながら、ゲンキ君はツバサ君の背中をバシバシとたたく。

まあ、ツバサ君の言うとおり、ユウ君の言ったことは、願いごとかというと少しちがう気がする。

もし今回の大会でユウ君が優勝したとしても、それをそのままミスターLにお願いすることはできないだろう。

ただ、とりあえずこれで全員の願いごとを聞くことができた。

ケンイチロウ君は、知りあいのお店を立てなおすために。

ツバサ君は、親の借金を返すために。

ヒナさんは、自分といっしょに育った犬を助けるためにで、ソウタ君は理想の自分に近づくために。

ユウ君は……具体的にはちょっとわからないけど、それでも優勝したいって気持ちは変わらないはずだ。

「それじゃあ、明日も早いことだし、今日はこの辺で休もうか」

そう言って朱堂さんが立ちあがろうとすると、ゲンキ君がみんなに声をかけた。

「ちょっと待った、その前にひとつ約束しようぜ」

「約束?」

その言葉に、みんながゲンキ君のほうをむく。

「ああ、いまみんなから願いごとを聞いたわけだけどよ、そういうので気をつかったり、手をぬいたりすんのはやめようぜって話だ」

ゲンキ君が言っているのは、ある意味でその場の空気を引きしめるものだった。

いままで僕達は、協力してここまできたけれど、このラストサバイバルで優勝できるのはたった一人だ。

それはつまり、かなえられる願いもひとつだけってことになる。

だけど、えんりょはするな、とゲンキ君は言っている。

「先に言っておくぜ。もし俺が優勝したら、より順位が高かったやつの願いをかなえてやる。もちろん、俺が優勝できない可能性もあるから、油断するなよ」

ちなみに僕が優勝した場合も、ゲンキ君と同じように、他のだれかの願いをかなえてあげるつもりだ。

ゲンキ君がそう言い終えると、みんなは納得したようにうなずいた。

そうして僕達は、テントのなかにはいって、ゆっくりと眠りについたんだ。

*

次の日、僕はゲンキ君になぐられて目を覚ました。

なぐられたっていうけれど、別にケンカをしたわけじゃない。

ゲンキ君の寝相が悪すぎて、それが僕のあごにクリーンヒットしたのである。

あごをさすりながら、僕はゆっくりと体を起こす。

テントのなかには、僕をふくめ男子６人が寝ているんだけど、大変なことになっていた。

だれかの体の上にだれかの腕がのっていたり、なんとかすきまを見つけて横になっていたりするから、だれがどういう体勢になっているのかっていうのがまったくわからない。

制限時間まではまだ時間があったけど、もう一回寝ている時間もなかったので、僕はのそのそとテントから外にでることにした。

外にでた瞬間、**ざぁっ**、ていう波の音が頭のなかにはいりこんでくる。

いちおう、海がすぐそこにあるっていうこともあって、波の音は常に聞こえていたけれど、テントの外となかでは、迫力がぜんぜんちがう。

「おや、おはようございます。リクさん」

僕がテントの外で背のびをしていると、大きなアルミホイルみたいなので体をおおっているカレンさんに話しかけられた。

「あ、お、おはよう。カレンさん。えっと……そのかっこうはなに？」

「ああ、これはアルミシートというものです。見てくれはアレですが、けっこう暖かいんですよ」

そう言って、カレンさんは笑う。

ただ、僕としては暖かい、と言われても正直ピンとこなかった。

その僕の表情を見て、カレンさんはさらに言葉をつづける。

「……昨晩、5人の選手が脱落したのはご存じですか？」

「え？　どうして？」

「もちろん寒いからです。海風もありましたし、そこから身をかくすこともできませんので。これがもし冬だったら、亡くなった方もいたでしょうね」

そのとき僕は、カレンさんの目の下にうっすらとクマができているのに気づいた。

よゆうそうな笑みを口もとにうかべているけど、カレンさんも寒くてあまり眠れなかったんだろう。

だけど僕達は、テントのなかでぐっすり眠ることができている。

そう考えると、テントのなかで6人がすしづめだったっていうのは、結果的によかったのかもしれない。

「そういえばさ、カレンさんの願いごとって、やっぱりアレなの？」

そんななか、僕はふと昨晩みんなで話しあったことを思いだして、カレンさんに質問をした。

カレンさんはなんのためにこの大会に参加しているのか？

前にも何度か聞いたことはあるけど、僕は改めてそれを聞いてみる。

「ええもちろんです。わたくしがこの大会に参加する理由はお金以外にありません」

そして、カレンさんは僕の質問に、真正面から答えてくれた。

お金のために、優勝する。

自信満々にそう答えるカレンさんを見て、僕は少し安心する。

こういう言い方をするとアレだけど、カレンさんはすごくわかりやすい。

昨日、橋を燃やしたのだって、ぜんぶ自分が優勝するためだ。

そういう意味では、ゲンキ君と同じぐらい、カレンさんはわかりやすい。

その一方で、僕は昨日のユウ君のことを思いだす。

今回の大会中、ユウ君がときどき見せるあの笑い。

あれが、僕にとってはすごくこわかった。

ふだん、あまり感情を見せないユウ君が、どうしてあんな笑みをうかべるのか？

それがわからない。

わからないから、こわい。

それがきっかけで、なにかとりかえしのつかないことが起こるような——そんな気さえしてくる。

そんな不安をかかえながら、サバイバルアドベンチャーの第三ステージが終了したんだ。

4

〈止まるな、止まるな、最後まで!〉

▶現在のリクの位置◀

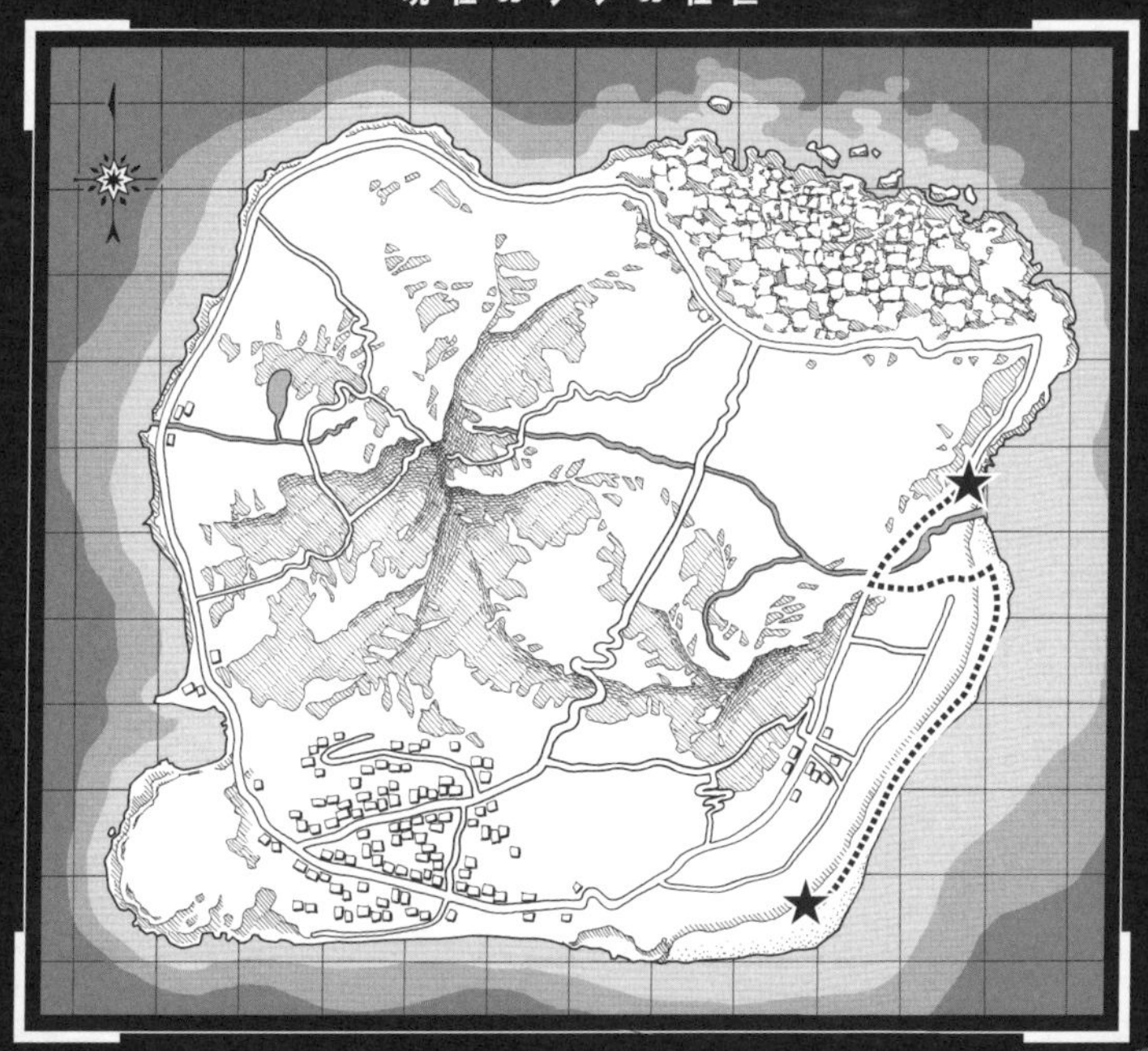

「みんなおはよう。それじゃあさっそく第四ステージの目的地を発表するよ！」


第三ステージ終了のアラームが鳴った直後、ミスターLは大きな声でそう言った。

ちなみに、いまこの場には僕達をふくめて13人の選手が集まっている。

次はいったいどこに行くんだろう？　と思いながら、僕達はタブレットを確認する。

タブレットに表示された目的地は、ここから少し南に行った砂浜だった。

距離的には、かなり近い。

というか、砂浜だったら昨日僕達がテントを立てている最中、ソウタ君達がまきをひろいに行っている。

昨日はたしか、往復で1時間ぐらいかかっていたから、ふつうに行くだけだったら20分くらいで行けるだろう。

そう思いながら、僕は制限時間のほうを確認する。

制限時間は10分だった。

「……え？」

その時間を見て、僕はおもわずつぶやいていた。

しかも、すでに時間は進んでおり、正確には残り9分40秒だ。

「ああ、それとみんなのために朝食も用意したんだけど……」

制限時間がかなり短いのに、ミスターLはのんびりと説明をつづけている。

本当だったらすぐにでも出発したいんだけど、説明を無視して出発していいのかがわからない。

そうこうしているうちにも、時間はどんどん過ぎていく。

そんななか、最初に動きだしたのはまたしてもカレンさんだった。

カレンさんは制限時間を確認した瞬間、ミスターLの説明なんて初めから聞く気がないように、その場から走り去っていった。

そのあとに、外で寝ていた選手達がつづく。

一番反応がおくれたのは、僕達だった。

油断していた、と言えばそのとおりになる。

第三ステージが終わったとき、残りの選手を見たけれど、外で野宿をしていた子はみんなつかれきっているように見えた。

一方僕達は、昨日の夜にちゃんとご飯を食べて、テントのなかでゆっくり休んでいる。

負ける気がしない、とまではいかないけれど、僕達のほうが有利だ、とは思った。

その結果がこれだ。

一番有利だと思った僕達が一番おくれている。

気がゆるんでしまった。

全力で走っているはずなのに、頭が追いついていない。

準備運動もしないで、いきなり50メートル走のタイムを計っているようなものだ。

他の子はどうか？

少なくとも、野宿をしていた子達のなかで気をぬいていた子はいないだろう。

心がまえ、という点では僕達よりも数歩前にいる。

身軽さだってそうだ。

いま、僕達の前を走っている子で、荷物を背負っている子は一人もいない。

カレンさんもいつのまにか背負っていた荷物を投げ捨ててしまっている。

けど僕達は荷物をまだ背負ったままだ。

テントはさっきの場所に置いてきたけど、水や非常食とかは持ってきている。

荷物がある分、足どりが重くなる。

だったら捨てればいいんじゃないか？　と思うけど、そうかんたんには割りきれない。

そもそも僕達はいろいろなものを準備していたおかげで、昨日の夜を過ごせたんだ。

そういう思いが、頭の片隅に残っている。

これから先、どういうことが待っているのかなんてわからない。

だったら、いま背負っているこの荷物が役に立つときがくるかもしれない。

そんなことを考えているうちに、僕達は砂浜に到着した。

もちろん、そこがゴールってわけじゃなくて、目的地まではその砂浜を走っていかなくちゃいけない。

一歩進むごとに、足が砂のなかへうもれていく。

それでもむりやり前に進もうとすると、靴のなかに砂がはいりこんでくる。

それをとりのぞく時間はない。

まずは目的地についてからだ。

荷物のこととか、靴のこととかは、目的地についてから考えよう。

目的地、といっても砂浜になにか目印があるわけじゃない。

だから僕達はタブレットに表示されている現在地をたよりに、目的地へ行く必要がある。

そう思いながら、僕はタブレットを確認した。

目的地までは、あと少しだ。

そして、制限時間もあと少しだ。


残り1分。


そのとき、前を走っていた子達が、少しずつスピードをゆるめているのが見えた。

おそらくはそのあたりが、目的地ってことなんだろう。

まにあわない距離じゃない。

砂浜のせいでかなり走りづらいけど、それでも全力で僕は走る。

そして、みんなが集まっている場所までたどりついたあとで、僕はもういちどタブレットを確認した。

目的地の赤い丸のなかに、きちんと現在地が表示されている。

なんとかまにあった。

そう思いながら、僕は音を立てて呼吸をする。


「はぁっ……はぁっ……」


息がきれているのがわかる。

体がしびれているのがわかる。

僕が息をととのえていると、ゲンキ君達も次々と、目的地へ到着しているのがわかった。

「だぁああ、ちくしょう！　じゃまなんだよこれ！」

そう言いながら、ツバサ君が背負っていた荷物を砂浜にたたきつける。

それを見て、僕はああそうだ、と思いだす。
荷物は置いていくのか持っていくのか。
それをいまのうちにきめなくちゃいけない。
そう思うけど、頭が働かない。
と、そのとき、タブレットから『ピー』というアラームが鳴った。
制限時間が終了したってことだ。
その直後、タブレットに次の目的地が表示される。
次の目的地は、ここからさらに南にむかった場所だった。
制限時間はまたしても10分。
なるほどね、と僕はその目的地を見て思う。
第四ステージのテーマは『砂浜ダッシュ』だ。
地図によると、いま僕達がいる場所から、南にずっと長い砂浜がつづいている。
そして、その途中途中にいくつもの目的地が設定されているんだ。
しかも、制限時間がかなり短い。

これだけ時間が短いと、まわり道をしている時間はない。

もっと言うと、こうして休んでいる時間だってない。

現に荷物のないカレンさん達は、次の目的地にむかってすでに出発していた。

僕も、ここに荷物を置いてすぐに出発しないと。

そう思ったときだった。

うしろのほうから、だれかが近づいてくる音が聞こえてきた。

あれ？　と僕はその音を聞いて思う。

こちらに近づいてくる音がいま聞こえたってことは、さっきアラームが鳴ったときには、ここにはいなかったっていうことだ。

そして、さっきここにいなかったっていうことは――

そう思いながら、僕はうしろをふりかえる。

そこには、こちらにむかって走っているヒナさんの姿があった。

前髪で目もとは見えなかったけど、かなりつかれているっていうことはわかる。

でも、ヒナさんがつかれていようがいまいが、それはもう関係がない。

どちらにせよ、ヒナさんはまにあわなかったってことだ。

脱落したってことだ。

願いはもうかなわないってことだ。

「ほらあんた達、なにしてんの？」

そう考えたとき、朱堂さんがパン、と両手を鳴らした。

「他の子はもう行ったんだからさ、あんた達も行った行った」

「朱堂さんはどうするの？」

「私は、ヒナがここまできたら出発するよ。それより、なやんでる時間はないよ」

朱堂さんはわざとらしく自分のタブレットを僕達に見せてきた。

こうして話しているうちにも、時間はどんどんと過ぎていく。

「――っ先、行ってるぞ！」

そして、ツバサ君が僕達のなかで1番に出発した。

次いで、ケンイチロウ君、ソウタ君、ユウ君の三人が、背負っていた荷物を捨てて出発する。

残ったのは、僕とゲンキ君と朱堂さんだ。

そのなかで、ゲンキ君は自分のほおを思いきりたたいた。

「よっしゃあ！　リク！　俺も先に行ってるぜ！」

そう言って、ゲンキ君は荷物を背負ったまま、この場所を出発する。

そして僕もゲンキ君につづいて、その場を出発した。

走りはじめてすぐさま、荷物を投げ捨てる。

ふっと体が軽くなった。

砂に足がとられるけど、さっきよりはかなりマシだ。

これならまだ走れる。

前を走っている選手とは、かなり距離がはなれていた。

その差をうめるため、少しだけスピードをあげようとする。

だけど、力をいれて地面をけろうとした瞬間、その分だけ深く足がしずみこんでいった。

体のバランスがくずれて、前にころびそうになる。

うわっ、と僕はころばないように足を前にだした。

一歩だけじゃ立てなおせないから、二歩三歩と前に進みつづける。

そうしていくうちに、なんとか体勢を立てなおすことができた。

危なかった、と思いながら僕は前をむきなおす。

心なしか、前の選手との距離がちぢまっている気がする。

あれ？　と僕は走りながら思う。

僕はいま、スピードをあげようとして失敗したと思った。

だけどこうして距離がちぢまっているってことは、ちょっとだけスピードがあがったってことだ。

なにをしたんだっけ？　と僕は思いかえす。

そうだ、ころびそうになってあわてて足を前にだしたんだ。

そこで僕はあることをひらめいた。

少しだけ、走るときの意識を変えてみる。

砂をけって走るんじゃなくて、うしろ足を素早く前に持ってくるイメージ。

その瞬間、足もとから聞こえていた音が変わった。

ザッ、という音から、**サシュ**、という軽い音へ。
これで少しだけ速くなった――かはわからない。
でも、楽にはなった。
少なくとも、力が空まわりする感じはない。
サシュ
サシュ
サシュ
と、軽やかな音が耳のなかにはいりこんでくる。
うん、これだ。
体がリラックスしているのがわかる。
感覚としては、ダッシュ、というよりジョギングに近い。
リズムをとって、一歩一歩をふみしめていく。
するとそのとき、前のほうでみんなからおくれはじめている選手が見えた。
体が小さくて、髪を両端でしばっている女の子――カレンさんだ。

なんだか走り方がおかしい。

手足に力がはいっていないのか、左右にふらふらとゆれている。

それから、体が大きく右にゆれたあと、カレンさんは砂浜の上にたおれてしまった。

直後、僕達の右を大会の車が通り過ぎていって、カレンさんの近くに止まる。

それでも、カレンさんはなんとか前に進もうとしていたようだけど、車からおりてきたスタッフがそれを止めた。

睡眠不足で、ご飯も食べずに走っていたから、体力が持たなかったんだ。

そしてカレンさんはぐったりとした状態で、車のなかに運ばれていく。

ちょうどそのとき、僕達はその車の横を通ったんだけど、車のなかにはカレンさんの他に、ヒナさんものっていた。

おそらくさっきの目的地に到着したあとで、ヒナさんもその車に回収されたんだろう。

朱堂さんの姿は、車のなかにはなかった。

ということは、朱堂さんはきちんと出発できたってことだ。

うしろをふりむけばたぶん見つかるとは思うけど、バランスをくずしてころんでしまう可能性もある。

だったら、気にはなるけど、このまま前に進んだほうがいい。

それに、朱堂さんだったら心配はいらない。

そう思っていると、前を走っていた子達が前方で休んでいるのが見えた。

タブレットを確認すると、たしかにそこが目的地らしい。

そして、僕もその目的地に到着する。

残り時間は20秒だった。

かなりギリギリの時間だったけど、それでもなんとかまにあった。

朱堂さんは？　と思ってふりむくと、朱堂さんは僕のすぐうしろにいた。

「あれ、朱堂さん。いつのまに？」

「え？　さっきの車が止まってたところぐらいからかな。気がつかなかった？」

そう言いながら、朱堂さんは背負っていた荷物をおろして、いそいで水以外のものをその場に置きはじめる。

いまのところ、荷物を持っているのはゲンキ君と朱堂さんだけだ。

「それにしても、こう連続で走らされんのはけっこうきついな」

と、ゲンキ君は言ったけれど、まだまだ声によゆうがある。

「だったら、その荷物おろせよな……」

「なに言っててんだツバサ、このぐれえだったらまだいけるぜ」

ゲンキ君の声を聞きながら、僕はざっと残った選手を確認する。

僕、ゲンキ君、朱堂さん、ツバサ君、ケンイチロウ君、ソウタ君、ユウ君、あとは名前の知らない子が4人。


残りは11人。


空を見あげると、だんだんと日ざしが強くなってきているのがわかる。

ふう、と僕はそれを見あげて、大きく息をはく。

と、同時にアラームの音が聞こえた。

さて、ここからだ。

ここからがいよいよ本番だ。
そうして僕はもういちど、覚悟をきめるように笑ったんだ。

＊

かなりの時間が経過した。
1時間近く、僕達は走ったり止まったりをくりかえしている。
体力的にきついのはもちろんだけど、それよりも暑さがひどくなってきた。
じりじりと照りつける太陽が、まわりの温度をあげていく。

「だいじょうぶ、リク？　水飲む？」

目的地にたどりつくと、先にたどりついていた朱堂さんが僕に水をわたしてくれた。

「あ、ありがとう……」

そう言いながら、僕は水を受けとり、ほんの少しだけ水を口にふくむ。

本当だったらもっと飲みたいけど、そんなことしたらこれ以上走れなくなる。

だから水は、あくまで口をしめらせるていどだ。

タブレットを確認する。

残り時間は50秒。

つまりはここで50秒休めるってことだけど、正直ちょっとそれがうっとうしい。

足を止めて、もういちど走りだす――これがけっこうきつくなってきた。

でも、ルールの都合上、先に出発するっていうのはできない。

すでにこのとき、残りの人数は9人に減っている。

僕の知っている子で脱落した選手はいなかったけれど、いつだれが脱落してもおかしくない。

ユウ君の口数が少ないのはいつものことだけど、ソウタ君もケンイチロウ君も同じように口数が少なくなってきた。

その一方で、ゲンキ君とツバサ君はまだけっこう口をきいていたりする。

というより、ゲンキ君が「腹減ったな！」とか「日ざしがきついな！」とか、そういうことを言いだすので、それについてツバサ君が「うるせえ」とツッコミをいれる感じだ。

一番元気そうなのは朱堂さんだけど、それでもときどきつらそうな表情をうかべていたりする。

そして――

『ピー』という音が鳴った。

その音が鳴るとほとんど同時に、僕達は次の目的地にむけて走りだす。

先頭を走っているのはユウ君だ。

別にユウ君をぬかすこともできるんだけど、僕達はむしろユウ君のうしろについていくように走っている。

いちおう、これには理由がある。

たとえば制限時間が10分あるとして、ユウ君はだいたい1分を残して、目的地に到着することが多い。

目的地までの距離が長くても短くても、ユウ君が到着する時間はあまり変わらない。

つまりユウ君は、僕達のなかで一番ペース配分がうまいのだ。

このステージでは、早く目的地についたから有利になるっていうわけじゃない。

必要なのは、体力をなるべく温存しながら走ることだ。

なるべくスピードをださないように、それでいて制限時間におくれないように。

だから自然と僕達も、ユウ君のペースにあわせて走ることが多くなった。

それにしても暑い。

日光はもちろん、砂もかなり熱くなっているのがわかる。

本当だったら靴をぬいで走りたいんだけど、砂が熱いせいではだしになれない。

まるで、焼けた鉄板の上を走っているみたいだ。

と、そのとき、先頭を走っていたユウ君に動きがあった。

動きといっても、たいしたものじゃない。

ユウ君は自分のタブレットを確認したあとで、ペースを少しゆるめたのだ。

それにあわせて、僕達もペースを少しゆるめる。

走るペースをゆるめると、息をするのが楽になる。

ふと僕は、左手に見える海に目をむけた。

波はおだやかで、水もすんでいる。

鼻で息をすると、潮のかおりもした。

昨日はゲンキ君とユウ君とで山を登ったけど、海で泳ぐのも楽しそうだな、と僕は思う。

ああ、けど山を登ったときにいろんなところを切ったから、海水にはいったらしみるかもしれない。

でも、気持ちいいだろうなあ。

こんな暑い日に海で泳げたら最高だ。

川くだりに使ったボートを、ここに持ってきてもおもしろいかもしれない。

そんなことを、僕は走りながら考える。

ユウ君がかなりゆっくりめに走っているから、いろいろと考えるよゆうがある。

だけど、こんなにゆっくりでいいのかな?
頭のなかにそんな考えがよぎる。
そのときだった。
急にユウ君がかけだした。
少しペースをあげた、とかそんなものじゃない。
はっきりと目で見てわかるぐらいに、ユウ君は全力で走りだしていた。
え?
と、僕は一瞬、頭のなかが真っ白になった。
そしてその直後、すごく重要なことを忘れていたことに僕は気づく。
僕はさっきの場所を出発してから、まだ一回もタブレットを確認していない。
そしてそれは僕だけじゃなくて、まわりのみんなも同じようだった。
タブレットを確認する。
時間はまだある。
けど、目的地までが遠い。

このまま自分のペースでまにあうか？
わからない。
迷っている時間はなかった。
足に力をいれて、一気にかけだす。
砂に足がしずみこむけど、そうでもしないとスピードはあげられない。
そして、僕とユウ君が、みんなよりも一歩先へとぬけだしていく。
あとで気がついたけど、僕とユウ君はみんなより体重が軽めのグループにはいる。
だからおそらく、他の子達よりも砂に足がとられづらいんだろう。
とはいうものの、かなり走りにくいことには変わりない。
スピードをさらにあげていく。
それでも、ユウ君との距離はちぢまらない。
ここまではなされてしまうと、追いつくのはむずかしい。
ただ、追いつけるか追いつけないかは、この勝負ではあまり関係がない。
重要なのは、まにあうか、まにあわないかだ。

制限時間内に、目的地までまにあうか？

そっちのほうが重要だ。

だけど、いまの僕にはそれがわからない。

立ち止まって、タブレットを見て、制限時間と目的地までの距離を確認したとしても、たぶん僕にはわからない。

いままで僕は道案内も走るペースも、他のだれかにまかせてここまできている。

だから目的地までの距離を確認しても、そこまで行くのにどれぐらいの時間がかかるのかがわからないんだ。

でも、いまさらそんなことをくやんでもしかたがない。

それに、わかったところでなんだっていうんだ。

これ以上走ってもまにあわないってわかったら、あきらめるのか？

そんなことするわけがない。

だったら走れ。

四の五の言わずに、ただ走れ。

そのとき、前方でユウ君がスピードをゆるめるのが見えた。
そこが目的地なんだろうか？
わからない。
残り時間は？
わからない。
わからないことだらけだ。
でも、それよりわからないのは、どうしてユウ君がこんなことをしたのかだ。
ペース配分をまちがえて、あわててペースをあげたんだったらまだいい。
でも、いまユウ君はあきらかに僕達を置いていこうとした。
「ねえユウ君、どうして……」
ようやくユウ君に追いついたところで、僕はそう声をかける。
「――っ！」
だけど、ふりかえったユウ君の顔を見て、僕は固まってしまった。
あの人形のような笑みが、ユウ君の顔にはりついていたからだ。

「どうしてって……昨日ゲンキ君が言ってたじゃない。えんりょはいらないって」

そして、幽霊のようにひっそりとした声がユウ君の口からもれてくる。

太陽がじりじりと照りつけているはずなのに、なぜか背筋が寒くなる。

「たしかに、そう言ってたけど……そうまでして優勝したいの？」

「したいよ。だって優勝したら、なんでも願いがかなうんだよ？」

そう言われて、僕は昨日の夜にユウ君が言っていた願いごとを思いだした。

『この瞬間が、ずっとつづいたらいいなぁ』って、ユウ君は言った。

たしかに、本当にそうなったら楽しいだろうなぁ、とは思う。

「でも、いくらミスターLでもそんなこと――」

「できるんだよ！」

僕の言葉をさえぎるように、ユウ君は言った。

言ったあとで、ミスターLがよくやっているように、両手を大きく横にひろげる。

「できるんだ！」

あまりの豹変ぶりに、僕はおもわず息をのんだ。

そのときのユウ君は、なにかにとりつかれたみたいだった。

テンションが高い、というよりは、頭のなかのなにかがはずれたように見える。

「ねえリク君」

僕を見ながら、ユウ君は笑った。

幽霊のような笑みを。

人形のような笑みを。

そしてユウ君は、あまえるような声でゆっくりとささやいた。

「僕といっしょに、死ぬまでこの島で暮らそうよ」

その言葉を聞いて、僕は耳を

疑った。

言っている言葉の意味はわかったけど、頭のなかが追いつかない。

「リク！」

と、そのとき、うしろのほうから声がした。

ふりかえると、こちらにむかって走ってくる朱堂さん達の姿が見える。

そのなかで、先頭を走っていた朱堂さんが僕のほうを指さしてさけんでいた。

「そこじゃない！」

いったいなにが？　と僕は思う。

そう思った瞬間、もういちどユウ君がかけだした。

それを見て、僕はようやく朱堂さんが言った言葉の意味がわかった。

わかったけれど、僕はいのるようにタブレットを確認する。

だけど、朱堂さんが言ったとおりだった。

ここはまだ目的地じゃない。

本当の目的地は、ここよりもう少し先にある。

またやられた。

そして、僕はもういちど足に力をこめる。

またユウ君にだまされた。

いや、だまされたっていうのとは少しちがう。

いまのは僕が悪かった。

僕がちゃんと夕ブレットを確認していれば、ここがまだ目的地ではないってことはわかったはずだ。

その油断を、ユウ君はついてきたってだけだ。

それこそユウ君はいま、優勝することに全力をだしている。

カレンさんが橋を燃やしたように、ユウ君はあの手この手を使って優勝しようとしているだけだ。

どうしてそこまで優勝したいのか。

砂浜を走りながら、僕はさっきユウ君と話したことを思いだす。

ユウ君は、優勝してどういう願いごとをかなえてもらうのか？

そのことについて、予想はもうできている。
たぶんユウ君は、僕達をこの島から帰さないつもりだ。
死ぬまでこの島で暮らすっていうのは、きっとそういう意味だ。
子供が大事なものを箱にしまうように、僕達をこの島にとじこめようとしている。
そうすれば、この時間がずっとつづくと思っているんだろう。
そんなこと、させるわけにはいかない。
そのためには、なんとしてもユウ君に勝たなくちゃいけない。
タブレットを確認する。
目的地まではあと少し。
だけど、制限時間は1分をきっている。
まにあえ、と僕は走る。

「おい、リク、ユウ！」

と、そのとき、うしろからゲンキ君の声が聞こえた。
声はかなり、遠くのほうから聞こえている。
ふりかえりはしないけど、もうまにあわないっていうのはなんとなくわかった。
そして、たぶん——他のみんなもまにあわないんだろう。
ゲンキ君が僕達の名前しか呼ばないっていうのは、きっとそういうことだ。
僕しかいない。
こうなったら、ユウ君を止められるのは僕しかいない。
ここで僕が負けたら、みんなが——
そう思ったときだった。

「俺達の分まで楽しんでこい!」

ゲンキ君は、僕達二人にそう言った。
その言葉を聞いた瞬間、体がふっと軽くなった。

ゲンキ君は、さっき僕とユウ君がしていた会話を聞いていない。
だからユウ君が優勝したとしたら、みんなが帰れなくなるっていうことを知らない。
いや、もし知っていても、ゲンキ君は同じことを言っていただろう。
楽しんでこい、とゲンキ君は言った。
その言葉を聞いたあと、僕は改めて、前を走っているユウ君の姿を見る。
いまのユウ君は、僕達にとってなんなんだろう？
敵？　と考えて僕は頭を横にふる。
たとえユウ君が、僕達をこの島にとじこめようとしていたって、ユウ君はユウ君だ。
それはぜったいに変わらない。
そうだよね、と僕は心のなかでゲンキ君にうなずく。
たしかに、ここまできたら楽しまなきゃ損だ。
最後の最後で、つらそうな表情はうかべちゃいけない。
そして、僕達は目的地のなかにはいる。
はいると同時に、アラームが鳴る。

残りは二人。
そして、目的地が更新された。
立ち止まることはせずに、僕達はかけぬけていく。
次の目的地にむかって。
最後の一人になるまで。
一騎打ちだ。
僕はユウ君を見てそう思う。
そのとき、ふとユウ君の足もとを見て、僕はおどろいた。
いつのまにか、ユウ君がはだしになっていたからだ。
もちろん、そうしたほうが走りやすいっていうのはわかっている。
けれどそれは、諸刃の剣ってやつだ。
いま、砂の上はかなり熱くなっているから、やけどしたっておかしくはない。
それぐらい、ユウ君は本気で走っているってことだ。
『この瞬間が、ずっとつづいたらいいなぁ』

って、ユウ君は言った。
僕もそう思う。
僕も、この楽しい時間がずっとつづけばいいな、と思う。
でも、この瞬間がずっとつづくなんて、ありえないんだ。
それぐらい、僕にだってわかる。
終わらない時間なんてない。
楽しい時間には、終わりがくる。
だからこそ、全力で遊ぶ。
だからこそ、全力で楽しむ。
えんりょはしない。
手加減もしない。
いまがそのときだ。

全力でくらべあう。
全力で競いあう。
ゼロになるまで。
空っぽになるまで。
そうすれば、残りつづける。
楽しい時間が。
いまこの瞬間が。
胸のなかに。
心のなかに。
一生残る。
消えることはない。
砂にうもれる足の感触。
くちびるにあたる汗の味。
太陽の熱さに、潮のかおり。

ねえユウ君。
そうすればいいんだよ。

と、僕は思う。
全力をだすんだ。
そうすれば、わざわざミスターLに願いをかなえてもらう必要なんてない。
砂をけって、前に進む。
風をきって、前に進む。
楽しい時間はすぐに終わる。
ぼんやりしてるヒマなんてない。
そう思って、僕はユウ君のほうを見る。
だけどユウ君は、僕のほうを見ていなかった。
一心不乱に前だけを見て、あの人形のような笑みをうかべている。

それを見た瞬間、なんだか胸にぽっかりと穴が空いたような気がした。
さみしさというか、むなしさというか、そういったものが全身をつらぬいていく。
同時に、ふわっと僕の体がういた。
そして、そのまま僕は一回転をして、砂浜の上にたおれこむ。
背中が熱い。
空が青い。

そのとき『ピー』っていう音が鳴った。
その音は、僕の腕につけたタブレットから鳴っていた。
僕は、あおむけになった状態で、タブレットの画面を見る。
地図に表示された赤い円の外側に、僕はいた。
そして、ユウ君はその赤い円の内側にいるようだった。
ああそうか、と僕はそれを見て思う。
まにあわなかったのか。
最後の最後でころんだから、目的地にまにあわなかったんだ。

そう僕は、あおむけになった状態で思う。

と、そんなことを考えていると、空の上にヘリコプターが見えた。

そのヘリコプターがゆっくりと砂浜におりてきて、そこからミスターLがあらわれる。


「コングラチュレーション！」


そして、砂浜におり立ったあとで、ミスターLは両手をひろげた。

「今回のサバイバルアドベンチャー、優勝したのは早乙女ユウ選手だ！」

そう言いながら、ミスターLはあおむけにたおれている僕の手をつかんで、ぐい、と立ちあがらせてくれる。

「いやぁ、残念だったねリク君。4連覇とはいかなかったようだ」

ミスターLは僕のことをなぐさめるように、僕の頭をぽんぽんとたたいた。

「それはそれとしてだ！　今回優勝したのはユウ君だからね。さあ、ユウ君！　さっそく君の願いごとを聞かせてもらおうか！」

願いごとを聞く、と言ったけど、ミスターLはユウ君の願いごとを知っているだろう。タブレットにマイクをしかけておいて、僕達の会話を聞くことぐらい、ミスターLだったらふつうにするからだ。

「僕とみんなを、この島から帰さないでください」


そのなかでユウ君は、あの人形のような笑みを顔にはりつけながら言った。

その言葉に、ミスターLの笑みが、より深くなる。

それは、あたらしいおもちゃを見つけた子供がうかべる表情によく似ていた。

「なるほど、わかったよ！　そういうことなら帰りの飛行機はキャンセルといこう！　さあこれで、この島からはだれも帰れなくなったよ！」

そしてミスターLは、高々とそう宣言をした。

「あはっ！」

その直後、ユウ君が甲高い笑い声をあげる。

「ねえリク君。これで僕達、ずっといっしょにいられるよ！」

そのあとで、ぐるりとユウ君が僕のほうをむいた。

だけどその目は、僕のことを見ているようには思えなかった。

吸いこまれそうなほどに黒い瞳が、ただ僕のほうにむけられているだけだ。

「宿題もない、親もいない。僕達だけの世界で、死ぬまでずっといっしょに暮らすんだ！」

そこでようやく、僕はユウ君がうかべる笑みのこわさがわかった。

人形のような笑み、と僕はそのユウ君の笑顔を見てそう思っていた。

でもそれはちがった。

人形なのは、僕達のほうだ。

ユウ君が僕達にむける笑顔は、子供が人形にむける笑顔といっしょなんだ。

だから、ユウ君の笑顔を見ると、まるで自分が人形になったような感覚になる。


「あはは！　ずっといっしょだ！　ずっと、ずっと、ずっと、ずっと――」

つまり、ユウ君にとって僕達は人形と同じなんだ。
それが、こわさを感じた理由だ。
それが、むなしさを感じた理由だ。
ああ、と僕はその姿を見て思う。
これじゃあ僕がどれだけ楽しそうに走っていても、ユウ君に伝わるはずがなかった。
だってユウ君は、最初から僕達のことを見ていないからだ。
僕達のことを見ているようで、実はだれも見ていない。
わかったよ、ユウ君。
そう、僕は心のなかでうなずいた。
その『人形遊び』に、少しだけつきあってあげる。
でもそれは、このままおとなしくこの島に残るってことじゃない。
ねえ、ユウ君。
覚悟はできてる？
えんりょはしないよ。

手加減もしない。
今度はちゃんと、僕達を見てもらう。
人形じゃないってわからせてあげる。
そうして僕達は、この島にとじこめられることになったんだ。

第5弾へつづく

LAST SURVIVAL

無人島にひびくユウの孤独なさけび！
はてしなく黒く悲しい瞳のユウを救えるのは…
リク、ユウを助けて！
島にとじこめられた
リクたちを
待っていたものは!?
生き残りゲーム
ラストサバイバル
第5弾 サバイバル宝さがし
大好評発売中!!!

集英社みらい文庫

生き残り(いのこ)ゲーム
ラストサバイバル
かけめぐれ無人島(むじんとう)！ サバイバルアドベンチャー

大久保開(おおくぼひらく) 作
北野詠一(きたのえいいち) 絵

ファンレターのあて先
〒101-8050 東京都千代田区一ツ橋2-5-10 集英社みらい文庫編集部
いただいたお便りは編集部から先生におわたしいたします。

2018年7月25日 第1刷発行
2019年4月14日 第3刷発行

発行者 北畠輝幸
発行所 株式会社 集英社
〒101-8050 東京都千代田区一ツ橋2-5-10
電話 編集部 03-3230-6246
読者係 03-3230-6080
販売部 03-3230-6393（書店専用）
http://miraibunko.jp
装丁 諸橋藍（釣巻デザイン室） 中島由佳理
印刷 図書印刷株式会社 凸版印刷株式会社
製本 図書印刷株式会社

★この作品はフィクションです。実在の人物・団体・事件などにはいっさい関係ありません。
ISBN978-4-08-321451-6 C8293 N.D.C.913 190P 18cm

「みらい文庫」読者のみなさんへ

言葉を学ぶ、感性を磨く、創造力を育む……、読書は「人間力」を高めるために欠かせません。

たった一枚のページをめくる向こう側に、未知の世界、ドキドキのみらいが無限に広がっている。

これこそが「本」だけが持っているパワーです。

学校の朝の読書に、休み時間に、放課後に……。いつでも、どこでも、すぐに続きを読みたくなるような、魅力に溢れる本をたくさん揃えていきたい。読書がくれる、心がきらきらしたり胸がきゅんとする瞬間を体験してほしい、楽しんでほしい。みらいの日本、そして世界を担うみなさんが、やがて大人になった時、「読書の魅力を初めて知った本」「自分のおこづかいで初めて買った一冊」と思い出してくれるような作品を一所懸命、大切に創っていきたい。

そんないっぱいの想いを込めながら、作家の先生方と一緒に、私たちは素敵な本作りを続けていきます。「みらい文庫」は、無限の宇宙に浮かぶ星のように、夢をたたえ輝きながら、次々と新しく生まれ続けます。

本を持つ、その手の中に、ドキドキするみらい――。

本の宇宙から、自分だけの健やかな空想力を育て、〝みらいの星〟をたくさん見つけてください。

そして、大切なこと、大切な人をきちんと守る、強くて、やさしい大人になってくれることを心から願っています。

2011年　春

集英社みらい文庫編集部